세계추리소설단편선

세계 추리소설 단편선

펴낸날 2017년 7월 15일

지은이 아서 코난 도일 외

옮긴이 신윤기

펴낸이 배태수　　**펴낸곳** 신라출판사

등　록 1975년 5월 23일 제6-0216호

전　화 02)922-4735　　**팩　스** 02)922-4736

주　소 서울 구로구 중앙로3길 12(서봉빌딩)

ISBN 978-89-7244-140-3　03840

세계추리소설단편선

신윤기 편역

신라출판사

머리말

　이 책은 '코난 도일', '애드가 앨런 포우', '호돈', '고골리', '메리메', '비어스', '러브크래프트' 등 우리에게 잘 알려진 작가들의 작품 중 재미와 감동의 조건을 갖추고 있으며 세계추리소설 역사에서 고전으로 인정받고 있는 작품을 엄선하였다.

　수록된 작품들은 각 작가들의 작품성은 물론 개성이 충분히 발휘된 특성이 나타나 있어 독자들의 흥미와 호기심을 더욱 자극하여 그 궁금점을 풀어가는 과정을 보여줌으로써 한순간도 놓칠 수 없는 시간이 될 것이라 확신한다.

추리력은 막연한 생각이 아니다. 작품을 통해서 흥미를 얻는다든지, 상상의 세계를 펼친다든지, 호기심을 갖는다든지 등의 두뇌 활동으로 추리력을 키울 수 있는 것이라 생각한다.

　여러 작가들의 대표적인 작품을 통하여 흥미롭고 진지한 상상과 호기심을 갖는 기회로 만들었으면 하는 마음이다. 청소년은 물론 남녀노소 누구에게나 읽힐 수 있는 작품이라 여겨 자신 있게 권하고 싶다.

역자

차례

코난 도일
악마의 다리/얼룩 머리띠

  영국의 추리작가인 코난 도일(1859-1930)은 의사로
도 잘 알려져 있는데 아마추어 탐정 셜록 홈즈가 활약
하는 장·단편을 많이 발표하였다.

  그의 이야기에 등장하는 셜록 홈즈는 대단한 애연가
이자, 철저한 논리적 사고와 모험심과 기사도를 겸비한
전형적인 영국 신사로, 그가 살았던 '런던 베이커 가
221번지 B' 주소와 더불어 많은 사람들의 사랑을 받으
며 명탐정 주인공의 모범이 되었다.

  도일은 '에드가 알란포우'를 동경하여 새로운 인물의
창조에 착상, 셜록 홈즈를 탄생시켰다. 셜록 홈즈 탐정
물의 연재가 몇 차례 중단되었으나, 그때마다 독자들의
성화에 못 이겨 다시 써야 했다. 홈즈는 명탐정으로서
온 세계 독자들과 친숙해졌다.

악마의 다리

와트슨, 자네는 왜 '악마의 가스사건'을 세상에 발표하지 않는가? 여러 사건 중에서, 그만큼 기묘하고 끔찍했던 사건은 일찍이 없었지 않은가.

나는 홈즈로부터 이러한 연락을 받고 매우 놀랐다. 홈즈는 원래 자기 업적에 대해 과장하는 것을 싫어했고, 특히 경찰관들로부터 부적절한 칭찬을 받으면 몹시 불쾌하게 생각했기 때문이다.

그런데 이번에는 왠지 홈즈 스스로 '악마의 가스사건'을 발표하라고 재촉한 것이다. 나는 기꺼이 그의 권유를 받아들이기로 했다.

이 사건은 1897년 3월에 일어난 것이었다.

그 당시 홈즈는 지나치게 일을 했기 때문에 몸이 몹시 쇠약해져, 그를 진찰한 하알리 거리의 의사로부터 "당장 시골로 요양을 떠나라. 그렇지 않으면 두 번 다시 탐정 일을 할 수 없을 것이다."라는 경고를 받았다.

홈즈는 마지못해 나와 함께 잉글랜드 서남부에 있는 코온월 반도로 갔다. 우리가 머물 집은 코온월 반도의 남단에서 가까운 한 항만의 기슭에 있었다. 런던은 아직 겨울인데도, 이곳 코온월은 매우 따뜻하여 봄꽃이 피어 있었다.

집 뒤로는 얕은 언덕으로 연결된 거친 들판이 있었고, 신석기 시대의 유적들이 곳곳에 있었다. 우리는 들판을 산책하거나 독서하며 조용한 생활을 즐겼다. 그곳에 간지 얼마 안 되어, 우리는 두 친구와 사귀게 되었다.

그들 중에 한 사람은 낡은 목사관에서 살고 있는 뚱뚱하고 말이 많은 편인 라운드 헤이 목사이다.

또 한 사람은 목사관의 방 2개에 세 들어 살고 있는 모오티머 트리제니스라는 신사다. 그는 까무잡잡한 얼굴에 안경을 끼고 있었다. 말수가 적은 그는 늘 외롭고 쓸쓸해 보였으며, 가엾게도 등이 몹시 굽어 있었다.

우리가 식사를 막 끝냈을 무렵이었다. 목사와 트리제니스가 마차를 타고 허겁지겁 달려오는 것이었다.

"홈즈 씨, 큰일 났습니다! 이렇게 끔찍한 일은 처음 보았습니다."

목사가 이마의 땀을 훔치며 호들갑을 떨었다.

"목사님 진정하십시오. 대체 무슨 일입니까?"

"트리제니스의 형님 집에서 기이한 사건이 발생했습니다. 어젯밤 8시경, 트리제니스 씨는 형님 집에 가서 함께 저녁식사를 하고 카드놀이를 했습니다. 그때는 모두 평온했지요. 트리제니스 씨는 그곳 식구들과 함께 시간을 보내다가 10시가 지나 형님 집을 나와, 곧장 목사관으로 돌아왔습니다. 그런데 오늘 아침 일찍 트리제니스 씨가 형님 집에 갔더니, 형인 오웬 씨와 조지 씨가 탁자에 마주 앉아서 껄껄 웃기도 하고, 이상한 노래를 부르더랍니다. 미쳐 버린 것 같았습니다. 그리고 미인으로 소문난 누이동생 브렌다 양은 의자에 기댄 채 싸늘한 시체로 변해 있었답니다. 어떤 무서운 것과 마주쳤는지 세 사람의 얼굴에는 공포의 빛이 서려 있더랍니다."

목사가 온몸을 부르르 떨었다.

"왜 이런 기괴한 일이 일어났는지, 도무지 영문을 모르겠습니다. 홈즈 씨, 당신이 훌륭한 탐정인 것은 이전부터 알고 있습니다. 아무쪼록 이 사건을 해결해 주십시오."

목사가 간절히 부탁했다. 듣고 있던 나는 몹시 난처했다. 홈즈의 건강이 간신히 회복되고 있는데, 이런 사건을 맡으면 건강이 다시 나빠질 수 있기 때문이다.

그러나 홈즈는 눈을 반짝이며 물었다.

"좋습니다. 조사해 보죠. 그런데 목사님이 현장을 직접 보셨습니까?"

홈즈는 흥미가 발동한 것 같았다.

"아닙니다. 조금 전에 트리제니스 씨에게서 이야기를 들었을 뿐입니다."

"그럼 이제부터 목사님은 잠자코 계십시오. 트리제니스 씨로부터 직접 상황을 들어야겠어요."

트리제니스는 아까부터 의자에 걸터앉은 채 한 마디도 하지 않았다. 까무잡잡한 얼굴은 몹시 창백했고, 두 주먹을 부들부들 떨었다. 형제들에게 일어난 돌발적인 사고에 몹시 충격을 받은 것 같았다.

"트리제니스 씨, 당신은 왜 형제들과 떨어져 사시죠?"

홈즈가 물었다.

"혼자 있는 걸 좋아합니다. 우리는 전에 꽤 큰 주석 광산을 경영하고 있었는데, 몇 년 전에 정리했습니다. 광산을 판 돈을 네 형제가 나눌 때에 약간의 말썽이 있었어요. 그러나 곧 화해했습니다."

"어젯밤, 당신이 형님 집에 찾아갔을 때의 일을 자세히 이야기해 주십시오."

"방금 목사님 말씀과 같이, 나는 밤 8시경에 가서 저녁식사를 한 다음 카드놀이를 했어요. 10시 15분쯤 되었을 때, 작별을 고하고 집을 나왔고요."

"현관까지 누가 배웅했습니까?"

"그때 가정부 포터 부인은 이층 침실에서 자고 있었고, 형제들은 카드놀이를 계속하고 있었기 때문에, 내가 현관문을 열고 나온 다음, 다시 꼭 닫았습니다."

"거실의 창문은 어떻게 되어 있었지요?"

"창은 닫혀 있었지만, 커튼은 열려 있었습니다. 오늘 아침에 갔을 때는 창문이 열려 있었는데, 강도가 침입한 흔적은 전혀 없었습니다."

"정말 별난 사건이로군요."

홈즈가 고개를 갸웃거렸다.

"트리제니스 씨, 이런 비극이 왜 일어났다고 생각하십니까?"

"분명 악마가 한 짓입니다. 인간의 힘으로는 도저히 그런 짓을 저지를 수 없거든요."

"나는 악마 따윈 믿지 않습니다. 이건 틀림없이 사람이 저지른 일입니다. 트리제니스 씨, 다시 한 번 어젯밤의 일을 기억해 보십시오. 뭔가 이상한 점이 없었습니까?"

"한 가지 있기는 합니다. 어젯밤 우리가 카드놀이를 하고 있을 때의 일입니다. 나는 창을 등지고 있었으며, 맞은편에는 동생인 조지가 앉아 있었습니다. 그때 갑자기 조지가 문득 창밖을 보고 놀란 표정을 지었습니다.

내가 뒤를 돌아보니, 어두운 정원 구석의 나무 그늘에서 뭔가 움직이는 것 같았습니다. 조지에게 무얼 봤냐고 물었어요. 나뭇가지가 조금 흔들렸고, 아마 개나 고양이가 지나갔을 거라고 하더군요."

"밖으로 나가 보지 않았습니까?"

"우리는 카드놀이에 열중하고 있었고, 또 대수롭지 않게 생각했거든요. 그러나 지금 생각해 보니, 그때 나무 그늘에서 움직인 그것이 이번 사건과 관련이 있을 것 같군요."

"그런데 트리제니스 씨는 오늘 아침 일찍 무슨 일로 형님 집에 갔습니까?"

"특별히 볼 일이 있었던 것은 아닙니다. 여느 날처럼 일찍 일어나 산책에 나섰지요. 그때 마침 이 마을에서 유일한 의사인 리차드 박사의 마차가 왔습니다. 어디를 가느냐고 물었더니, 우리 형님 집에 급한 환자가 생겼다는 연락을 받고 가는 길이라고 하지 않겠습니까. 나는 깜짝 놀라 박사의 마차를 타고 형님 집으로 달려갔습니다. 그랬더니 그런 끔찍한 상황이 벌어져 있는 겁니다."

끔찍스러운 광경이 재생되는지, 그가 몸을 움츠리며 말을 이었다.

"브렌다의 시체를 조사한 박사의 말에 의하면, 상처도 없으며 죽은 원인도 모르지만, 죽은 지 적어도 6시간 쯤 지났다고 하더군요. 형과 동생은 미친 사람이 되어 날뛰고 있었어요. 차마 눈뜨고 볼 수 없는 비참한 광경이었습니다. 리차드 박사도 기분이 언짢았는지 얼굴빛이 새하얗게 질려 소파 위에 쓰러져 버렸습니다."

"참으로 묘한 사건이로군요."

홈즈가 고개를 갸웃거렸다.

"그럼 지금부터 현장에 가서 조사해 봅시다. 여러분도 함께 가십시다."

그들의 집은 우리들이 묵고 있는 곳에서 2km가 채 못 되는 곳에 있었다. 우리가 들판 가운데로 걸어가고 있을 때, 앞에서 웬 마차가 덜컹덜컹 소리를 내며 달려 왔다.

그 마차가 우리 옆을 지나갈 때, 쇠창살 사이로 이빨을 드러내고 히히덕거리는 두 사나이의 얼굴이 보였다.

"홈즈 씨, 저 사람들은 형님과 동생입니다."

트리제니스가 납빛 얼굴로 소리쳤다.

"정신병원에 실려가는 모양입니다."

나는 몸서리치며, 멀어져가는 마차를 망연히 바라보고 있었다. 그들의 집은 들판 한가운데 외딴 집으로, 별장 같이 멋스러운 이층 건물이었다. 넓은 정원에서 온갖 꽃들이 아름답게 피어 있었다.

홈즈가 집 주위를 돌아보았다. 어젯밤 트리제니스가 뭔가 움직이는 것을 보았다는 나무 주변과, 창문 앞에 있는 화단, 그리고 현관 앞의 좁은 길을 면밀히 조사했다. 그때 실수로 현관 앞에 놓여 있던 물뿌리개를 뒤엎어, 사방에 물이 퍼져 흘렀다.

"내가 실례했군요."

홈즈가 당황하여 사과했지만, 나는 그가 고의적으로 한 것임을 눈치 챘다.

우리는 트리제니스의 안내를 받아 집 안으로 들어갔다. 50대 중반으로 보이는 가정부 포터 부인이 우리들을 맞았다. 그녀는 홈즈의 질문에 다음과 같이 대답했다.

"나는 어젯밤 9시경, 이층 내 침실로 자러 갔습니다. 그때 형제들은 거실에서 카드놀이를 하고 있었습니다. 그런데 오늘 아침 일찍 거실로 내려와 보니, 아가씨가 시체로 변해 있는 거예요. 오웬 씨와 조지 씨는 웃으면서 괴상한 소리를 질러 댔고요.

너무나 끔찍스러워서 나는 그 자리에서 기절했습니다. 잠시 후, 정신을 차린 나는 창문을 열어 공기를 바꿨지요. 그러고는 이웃 소년에게 리차드 의사 선생을 모셔다 달라고 부탁했습니다. 의사 선생을 따라 마을 사람들이 달려 왔으나, 오웬 씨와 조지 씨는 의자를 꽉 붙들고 놓지를 않았어요. 장정 네 사람이 달려들어 겨우 마차에 태웠습니다."

"이 집 형제들이 누구한테 원한을 산 일은 없었나요."

"모두 착하고 정직한 분들이에요."

"브렌다 양의 시체는 어디 있죠?"

"이층 침실로 옮겼어요. 경찰에서는 아직 아무도 오시지 않았습니다."

홈즈와 함께 우리는 이층으로 올라갔다. 27살쯤 되어 보이는 브렌다는 보기 드문 미인이었다. 상처는 한군데도 없었으나, 눈에는 공포의 빛이 가득했다. 얼굴도 두려움으로 인해 잔뜩 일그러져 있었다. 충격을 받아 죽은 것 같았다. 홈즈는 사건이 일어난 거실을 조사했다. 탁자 위에는 카드가 어지럽게 흩어져 있었고, 초는 완전히 다 타 버렸다. 탁자 앞에 놓인 4개의 의자는 바르게 놓여 있었다. 아마 그들은 트리제니스가 돌아간 뒤에도 카드놀이를 계속한 것 같았다. 그러고는 별안간 무엇인가의 습격을 받았던 모양이다. 홈즈는 마룻바닥과 창틀을 조사한 다음 잠시 방 안을 서성거리더니, 문득 난로 앞에 멈춰 섰다. 난로 속에는 새까맣게 탄 숯덩이가 있었다.

"어젯밤 난로를 피운 것 같군. 봄인데, 왜 불을 피웠을까?"

홈즈가 중얼거리자, 트리제니스가 대꾸했다.

"어젯밤 비가 내려 쌀쌀해서, 제가 조지에게 난롯불을 피우도록 했습니다."

"알겠습니다. 현장 조사는 모두 끝났습니다. 이젠 집에 가서 깊이 생각해 볼까 합니다. 목사님, 그럼 먼저 실례하겠습니다."

오솔길로 접어들었을 때, 말없이 걷다 말고 홈즈가 갑자기 입을 열었다.

"와트슨, 이번 사건은 증거가 많이 부족해. 지금까지의 자료로 결론을 내리기는 힘들겠어. 지금 알 수 있는 것은 오직 한 가지야. 트리제니스 씨가 저 집을 나온 11시 전에 사건이 일어났다는 것뿐이야."

"리차드 박사는 브렌다 양이 죽은 지 적어도 6시간은

지났다고 했다니까, 대체로 자네의 추리가 맞는 것 같군."

"브렌다 양의 죽은 얼굴은 짙은 공포의 빛으로 덮여 있었어. 트리제니스 씨가 집을 떠난 뒤, 어떤 무서운 침입자가 든 게 아닐까?"

"현관문과 창틀을 자세히 조사했는데, 그런 흔적은 없었어. 만일 그랬다면, 한 사람쯤은 의자에서 일어났을 거야. 그러나 세 사람 모두 의자에 앉아 있었어."

나는 문득 넘겨짚어 보았다.

"홈즈 난 아무래도 트리제니스 씨가 수상하다고 생각해…."

"어째서?"

"표정이 음흉해. 아무리 보아도 기분 나쁜 인상이야."

"인상이 나쁘다고 범인으로 단정할 수는 없어. 만일 트리제니스 씨가 범행했다면 그 동기가 뭘까?"

"주석광산을 팔았을 때, 형제간에 불화가 있었다고 트리제니스가 말했었지. 그는 자기 몫이 적은 것을 불평하고 세 사람을 위협한 게 아닐까?"

"어떤 방법으로 위협했을까?"

"트리제니스는 어젯밤 11시 전에 그 집에서 나왔지. 일단 문 밖으로 나온 그는 무서운 괴물의 가면을 꺼내

쓰고 그 집으로 다시 들어갔어. 그러고는 창 밖에서 슬쩍 그 방을 들여다본 거지. 놀라도록 말이야. 그 흉측스러운 얼굴을 본 브렌다 양은 겁에 질려 심장마비를 일으켜 죽고, 두 형제는 순간적으로 미쳐 버린 게 아닐까?"

"와트슨, 그 추리는 틀렸어. 창문 아래 화단에는 트리제니스 씨의 발자국은 물론, 누구의 발자국도 남아 있지 않았거든. 트리제니스 씨는 11시 전에 그 집을 나서자, 곧장 목사관으로 돌아왔어."

"어떻게 그걸 알아냈지?"

"아까 내가 현관 앞에서 일부러 물뿌리개를 뒤엎었지? 그건 트리제니스 씨의 발자국을 확인하려고 그랬어. 그는 물이 흐르는 부분을 건너 맨 먼저 집 안으로 들어갔어. 현관에는 분명히 그의 발자국이 남았지. 나는 아까 문을 나오면서 조사해 보았지. 트리제니스 씨가 곧장 목사관으로 돌아간 게 분명해."

"그래? 그렇다면 내 추리가 틀렸군. 홈즈 자넨 누가 범인이라고 생각하나?"

"모든 사람을 의심하고 있지. 트리제니스 씨는 물론 목사나 의사인 리차드 박사도 수상하다면 수상하니까 말이야."

"트리제니스 씨와 조지는 정원의 나무 그늘에서 뭔가가 움직이는 걸 보았다고 했는데…"

"그 나무 밑에는 발자국도 없고, 누가 있었던 흔적은 없었어. 와트슨, 부족한 자료를 가지고 추리를 하는 건 그만두게. 잠시 모든 걸 잊고, 이 상쾌한 들판을 산책하기로 하세."

우리는 오전을 산책으로 보내고 오후가 되어서야 집으로 돌아왔다. 집에는 손님 한 사람이 우리를 기다리고 있었다. 그는 세계적인 탐험가 레온 스탕달 박사였다. 아프리카의 오지 등을 수차례 탐험한 그는 사자 사냥의 명수로도 알려져 있었다. 몸집은 거인처럼 우람했다. 그리고 날카로운 눈과 매부리코, 흰빛과 금빛으로 섞인 턱수염 따위가 보통 사람과는 달랐다.

우리는 들판에서 박사의 모습을 한두 번 본 적이 있었다. 박사는 약 1년 전에 아프리카에서 돌아와 이 고장에서 혼자 살고 있었다. 머지않아 다시 탐험 길에 오른다고 했다.

"홈즈 씨! 당신이 뛰어난 탐정이란 건 잘 알고 있습니다."

스탕달 박사는 엽궐련을 문 채 일어서더니, 홈즈의 손을 덥석 잡았다.

"정말 끔찍스러운 사건이 일어났군요. 홈즈 씨, 나는 네 번째 아프리카 탐험을 떠날 예정이었는데, 소식을 듣고는 급히 돌아왔습니다. 여행은 잠시 연기해야겠소"

"스탕달 박사께서는 무엇 때문에 이번 사건에 흥미를 가지십니까?"

"나한테는 중대한 사건이오. 죽은 브렌다와 미쳐 버린 두 형제는 나의 외사촌이 됩니다."

"아, 그랬었군요. 걱정이 많이 되시겠습니다. 그런데 당신은 언제 프리머드에 가셨죠?"

"사흘 전이오. 그랜드 호텔에 묵었죠"

"이번 사건은 아직 신문에 발표되지 않았을 텐데, 어떻게 아셨습니까?"

박사의 표정을 살피며 홈즈가 말했다.

"어떤 분이 전보로 알려 주었소"

"전보를 친 사람이 누굽니까?"

스탕달 박사는 기분이 상했는지 굵은 눈썹을 벌레처럼 꿈틀거렸다.

"홈즈씨, 너무 꼬치꼬치 캐묻는군요"

"용서하십시오. 이게 바로 내 직업입니다."

"그럼 말하죠. 전보로 알려온 사람은 라운드 헤이 목사요"

"잘 알겠습니다."

"홈즈 씨, 이번 사건은 우연히 일어난 사고는 아닌 것 같소. 누구의 짓이라고 생각합니까?"

"그건 아직 모릅니다."

"그래도 의심이 가는 사람은 있겠죠?"

"아직은 말할 수가 없습니다."

"그렇다면 이 집을 찾아온 보람이 없군. 시간 낭비였어."

스탕달 박사는 새 엽궐련에 불을 붙이고는 인사도 없이 휙 나가 버렸다. 홈즈는 잠시 생각에 잠겨있더니, 5분쯤 후에 말없이 집을 나갔다. 어쩌면 박사의 뒤를 밟으려는 것인지도 모른다. 저녁때가 되어 돌아온 그의 표정에서 별로 수확이 없는 눈치였다.

"홈즈, 자네가 없는 사이에 이 전보가 왔어."

전문을 읽어 본 홈즈는 언짢은 표정으로 전보를 불태워 버렸다.

"어디서 온 건가?"

"프리머드 그랜드 호텔. 스탕달 박사의 말이 정말인지 호텔 지배인에게 전보로 조회했지. 박사는 사흘 전부터 호텔에 묵었고, 어젯밤에도 분명히 호텔에서 잤다는군."

"그렇다면, 스탕달 박사는 이 사건과는 아무런 관계가

없겠군."

"그건 아직 몰라. 뭔가 새로운 사실이 드러날 때까지 기다리기로 하세."

홈즈가 말하는 새로운 사실은 뜻밖에도 일찍 드러났다.

이튿날 아침, 내가 창가에서 면도를 하고 있을 때 이륜마차 한 대가 집 앞에 섰다. 마부 자리에서 뛰어내린 것은 라운드 헤이 목사였다.

"홈즈씨, 큰일 났습니다!"

목사가 숨을 헐떡이며 뛰어 들어왔다.

"이런 끔찍한 일은 이 마을이 생긴 이래 처음입니다. 이 마을은 신의 저주를 받고 있는 것 같습니다."

"목사님, 진정하시고 의자에 앉으십시오. 대체 무슨 일입니까?"

"트리제니스 씨가 어젯밤 누구에게 살해되었소. 갑자기 죽어 버렸단 말입니다."

홈즈가 벌떡 일어섰다. 그 눈은 매의 눈 같이 날카롭게 빛났다.

"목사님, 트리제니스 씨가 어디서 죽었습니까?"

"목사관 아래층에 있는 거실입니다. 우리 집 하인이 발견했어요. 제가 갔을 때는 트리제니스 씨는 의자에 앉은 채 이미 시체로 변해 있었습니다. 그의 얼굴에는 죽은 브렌다 양처럼 공포의 빛이 짙게 덮여 있었습니다."

홈즈는 입을 굳게 다물었다.

나 역시 홈즈 이상으로 놀랐다. 내가 이번 사건의 범인으로 의심하고 있는 트리제니스가 괴이한 죽음을 당했으니 놀라지 않을 수가 없었다.

"홈즈, 사건은 점점 복잡해지는군. 이렇게 되면 미궁에 빠지겠는 걸."

"복잡해질수록 오히려 해결하기 쉬운 법이지. 어쩌면 트리제니스의 죽음으로 중요한 단서를 잡을 수 있을 것 같군. 목사님, 당신 마차로 목사관까지 가십시다. 경찰이 오기 전에 현장을 조사하고 싶습니다."

"그렇게 합시다."

세 사람을 태운 마차는 곧 목사관에 닿았다. 목사관 남쪽으로는 넓은 잔디밭이 있었다.

트리제니스는 아래층과 이층에 각각 방 하나씩을 세를 내어 쓰고 있었다. 이층이 침실, 아래층이 거실로 되어 있었다.

"시체는 아래층 거실에 있습니다. 그곳으로 가 보실까요?"

거실에 들어가자, 왠지 가슴이 답답하고 메스꺼웠다.

탁자 위에 켜져 있는 램프 탓인 것 같기도 하였다. 심지가 너무 많이 돋아서 램프유리가 새카맣게 그을려 있었다.

트리제니스는 의자에 앉은 채 턱을 위로 치켜들고 죽어 있었다. 브렌다의 경우와 비슷했다. 팔은 축 늘어져 있었으며, 손가락은 고통을 이겨내려는 것처럼 주먹을 쥐고 있었다. 낮에 입었던 양복을 입고 있었는데, 바삐 입었는지 넥타이도 삐뚤어 있었다.

"트리제니스 씨는 오늘 아침 날이 밝은 후에 죽은 것 같군. 그런데 어째서 램프를 켰을까?"

홈즈는 트리제니스의 시체로부터 눈길을 돌려 주위를 살펴보았다.

"창문이 열려 있군. 목사님, 저 창문은 누가 열었죠?"

"우리집 하인이 열었습니다. 충격을 받았는지, 지금은 자기 방에 누워 있습니다. 불러 올까요?"

"그럴 필요까진 없습니다. 지금부터 조사를 시작하겠으니, 잠깐 조용히들 해주십시오."

홈즈의 조사가 시작됐다. 그의 행동은 마치 여우의 뒤를 쫓는 사냥개처럼 민첩했다. 이층에서 정원의 잔디밭에 이르기까지 집안을 샅샅이 뒤졌다.

이층 침실에서는, 잠겨 있던 창문을 열고 창틀을 조사

했다. 그리고는 기쁜 듯이 빙그레 웃었다. 정원의 잔디밭에서는 개처럼 사방을 기어 다니더니, 이윽고 잔디 속에서 잿덩이 같은 것을 찾아냈다. 그것을 종이에 싸서 주머니에 넣었다.

홈즈가 시체가 있는 거실로 다시 돌아왔다. 탁자 위의 램프는 여전히 새까만 그을음이 끼어 있었다.

홈즈가 램프를 끄더니, 돋보기로 램프의 갓을 세밀히 조사했다. 그 갓 가운데에는 하얀 재가 묻어 있었고, 둘레에는 다갈색 가루도 묻어 있었다. 홈즈는 그 다갈색 가루를 칼로 긁어서 봉투에 담아 수첩 사이에 끼우는 것이었다.

"비로소 단서가 잡힌 셈입니다."

홈즈가 밝은 목소리로 말한 순간, 멀리서 마차가 달려오는 소리가 들려왔다.

"경찰관들이 오는 모양이군. 목사님, 우린 이대로 돌아가겠습니다. 런던에서 온 셜록 홈즈가 이층 창문과 램프 갓을 특별히 관찰하면 사건 해결에 반드시 도움이 될 거라고 하십시오."

우리는 뒷문으로 목사관을 빠져나와, 집으로 돌아왔다.

그로부터 이틀 동안 홈즈는 거의 입을 열지 않았다.

자기 방에 틀어박혀 골몰하는가 하면, 어딘가 말없이 다녀오기도 했다.

이튿날 저녁에는 시내 잡화점에 가서, 트리제니스의 거실에 있었던 램프와 똑같은 것을 하나 사 가지고 왔다. 그러고는 목사관에서 트리제니스가 쓰던 것과 같은 석유를 얻어왔다. 석유를 램프의 기름통에 붓고 심지에 불을 붙였다. 1시간에 석유가 얼마나 소비되는지 시험해 보려는 것이었다. 도대체 무엇을 하는 건지 나로서는 알 수가 없었다.

사흘째 되던 날 오후, 홈즈가 밝은 표정으로 내게 말했다.

"와트슨. 마침내 해결했어."

"잘되었군. 두 차례에 걸친 사건은 계획적인 범행 같아."

"범인은 두 사람이야."

"뭐? 한 사람이 아니고?"

"나는 이 두 사건을 처음부터 다시 면밀히 검토해 봤어. 그랬더니 두 사건 사이에 있는 공통점을 발견할 수 있었지. 같은 일이 일어났던 거야. 그것은 시체가 있는 방에 들어간 사람이 모두 쓰러지거나 기절했다는 사실이야. 따라서 두 방 안에 독가스 같은 게 꽉 들어 차 있었던 거야. 첫 번째 사건에서, 사고가 난 거실에 처음으로 들어간 가정부 포터 부인은 가슴이 답답해서 기절했다고 말했었지."

"생각나는군. 그러나 가정부는 너무 처참한 거실 안의 광경에 놀라 기절했다고 말했어."

"그러나 뒤늦게 들어간 리차드 박사도 쓰러졌는걸. 트리제니스 씨의 말에 따르면, 리차드 박사는 브렌다 양의 시체를 조사하고, 미쳐 버린 두 형제를 보고 있는 사이에 낯빛이 새하얗게 질려서 쓰러졌다고 했어. 시체를 숱하게 보아 왔고, 정신병자도 꽤 여럿 다루었을 의사가 기절한 건 그 거실 안의 독가스 때문이라고 볼 수 있겠지."

"과연 그렇겠군."

"두 번째 사건에서도 똑같은 일이 일어났어. 트리제니스의 거실에 처음으로 들어간 목사관의 하인도 가슴이 울렁거려서 누워 있었다고 하지 않았나. 그 방에 독가스가 남아 있었다는 증거야."

"이제 생각나는군! 나도 그 방에 들어갔을 때 가슴이 답답하고 메스꺼워서 간신히 참았어. 그전 독가스가 남아 있었다는 거지."

"나 역시 속이 메스꺼웠지만, 하인이 창을 열어 놓은

덕분에 기절하지 않았던 거야. 그리고 두 사건의 공통점은 또 있어. 사건 당시에 방 안에서 불이 타고 있었다는 거야. 하나는 난로에 불이 피웠었고, 또 하나는 램프를 켜 놓은 점이지. 이런 공통점을 연관시켜 생각해 보면, 두 번 다 방 안에 불이 켜져 있었다는 거야. 이것은 독가스를 발생시키는 어떤 물질이 불에 탔거나, 또는 불 때문에 뜨거워졌기 때문이라는 결론이 나왔어."

"듣고 보니 그런 것 같군."

"첫 번째 사건에서는 그 독가스를 발생시키는 물질이 난롯불 속에 있었어. 독가스의 대부분은 연통을 통해 밖으로 새어나갔지만, 일부분은 방 안에 남아 있었어."

"어째서 브렌다 양만이 죽었을까."

"여자는 남자보다 약하거든. 아무튼 이 독가스를 들이마시면 처음 한동안은 심한 공포에 사로잡혀서 미쳐 버리지. 공포가 더욱 악화되면 브렌다 양같이 죽는 것이고, 그 증거로, 그들의 얼굴은 하나같이 두려움에 질려 있었지 않나. 남자들이 몸도 튼튼한데다가 독가스를 비교적 적게 마셨기 때문에 죽지 않았을 거야."

"음…"

"두 번째 트리제니스 사건에서는 독가스를 내기 위해 램프가 사용되었어. 램프의 갓은 활석으로 되어 있거든.

활석은 납처럼 매끄러운 광석으로, 열은 전달하지만 타지 않는 성질을 지니고 있어. 그 램프의 등피 근처에는 흰 재가, 가장자리 쪽에는 다갈색의 가루가 묻어 있었지. 나는 그 다갈색 가루를 칼로 절반만 긁어서 봉투에 담아 보관했지."

"왜 절반만 가져왔나?"

"경찰을 위해 남겨둔 거야. 두 번째 사건에서는 먼저 램프에 불이 붙여졌어. 그리고 뜨거워진 갓 위에 독가스를 내는 물질, 아마 가루 같은 게 묻어 있었을 거야. 물론 트리제니스를 죽이려는 범인이 묻혀 놓은 거지. 가루는 램프의 열을 받아 독가스로 변해 퍼진 거야. 그것을 마신 트리제니스는 공포로 미친 상태가 되었다가 곧 죽었지. 연통이나 공기구멍이 없었으므로, 독가스의 효과는 첫 번째보다 더 빠르게 나타났어."

"확실히 그럴듯한 추리이기는 하지만, 하나의 가정에 불과하잖나. 뒷받침이 될 만한 결정적인 증거가 없어."

"결정적인 증거? 좋아! 그럼 이 방 안에서 실험을 해 보세."

"무슨 실험 말인가?"

"이 탁자 위에 램프가 있어. 램프에 불을 켜고 내가 갖고 온 다갈색 가루를 묻힐 경우 독가스가 발생하면 내 추리가 틀림없어. 그러나 이 실험은 대단히 위험해. 두 사람이 다 미치거나 죽을 우려가 있으니까. 자네는 밖에 나가서 유리창으로 들여다보면 어떨까?"

"나도 방에 있겠네. 실험 결과를 내 눈으로 확인하고 싶어."

"와트슨, 자네는 그 창문을 열고, 옆에 있는 의자에 앉아 있게. 나는 문을 열고 탁자의 반대쪽에 앉아 있겠어. 램프에서의 거리는 똑같아. 서로 상대방의 동정을 살피고 있다가 조금이라도 이상한 눈치가 보이면, 곧바로 상대방을 데리고 뛰쳐나가는 거야."

홈즈는 램프에 불을 켠 다음, 손잡이를 돌려 불꽃을 크게 키웠다. 그리고 수첩사이에 끼워둔 다갈색 가루를 램프의 갓 위에 뿌렸다. 10초도 못되어 사향과 같은 독한 냄새가 코를 찔렀다. 순간, 속이 메스꺼워지고 정신이 희미해졌다. 그와 동시에 뭐라고 말할 수 없는 두려움이 덮쳐 왔다. 머리털이 곤두서고, 눈알이 튀어나올 것만 같았으며, 입이 딱 벌어져 혀가 굳어 버렸다. 살려달라고 소리쳤지만 좀처럼 말이 나오지 않았다. 나는 홈즈를 바라보았다.

홈즈의 증세는 나보다 더 심했다. 무섭게 부릅뜬 눈과 창백한 얼굴은 두려움에 질려 휴지처럼 구겨져 있었다.

그것은 브렌다나 트리제니스의 죽은 얼굴과 똑같았다. 손가락은 꺾인 못처럼 구부러져 무엇인가를 움켜쥐려고 버둥댔다.

나는 재빨리 홈즈를 끌어안고 밖으로 뛰어나왔다. 그리고 우리는 잔디 위에 누워 숨을 몰아쉬었다. 그렇게 30분쯤 지났다.

"와트슨 고맙네."

홈즈가 쉰 목소리로 말했다.

"독가스의 효력이 그렇게까지 빨리 나타날 줄은 꿈에도 몰랐어. 이런 위험한 시험은 나 혼자서 해야 되는 건데. 자네까지 끌어들여서 미안하네."

"괜찮아, 홈즈. 자네에게 도움이 된다면, 나는 무슨 일이든지 기꺼이 하겠네."

"램프를 그대로 놓아두면 위험하니 처리해야겠어."

홈즈가 물에 적신 손수건으로 입과 코를 막고는 독가스가 자욱한 방안으로 뛰어 들어갔다. 램프를 들고 나온 그는 램프를 멀리 힘껏 던져버렸다. 등피가 깨지면서 불도 꺼졌다.

"와트슨, 지금 방안에 들어가면 위험해. 저쪽으로 가서 이야기를 계속하기로 하세."

정원 구석에 마침 나무의자가 놓여 있었다. 우리는 그

곳에 앉았다. 홈즈가 여러 번 심호흡을 하였다.

"저 독가스는 정말 대단하군. 두 사람이 죽고, 두 사람이 미쳐 버린 것은 저 다갈색 가루에서 발생하는 독가스 때문이라는 것을 분명히 알았어. 와트슨, 그런데 누가 이렇게 무서운 범죄를 저질렀을까? 범인은 두 사람일 거야. 그럼 첫 번째 사건부터 설명하지. 첫 번째 사건의 범인은 자네가 말한 대로 트리제니스야."

"내 육감이 들어맞는 셈이군."

"와트슨, 자네는 트리제니스의 인상이 좋지 않다고 그를 의심했는데 틀린 생각은 아니야. 그 사나이는 눈을 항상 바쁘게 움직이며, 음흉한 표정을 짓고 있었어. 무엇인가 음모를 꾸밀 것 같은 사나이야. 범죄의 동기 또한 자네 말대로 재산에 탐이 났던 거였네."

그것 보라는 듯이 나는 의기양양해서 고개를 끄덕거렸다.

"트리제니스 형제는 주석 광산을 팔아서 목돈이 생겼어. 그 돈을 나눌 때 말썽이 있었으나, 곧 화해를 했다고 트리제니스 자신이 말했지. 내가 라운드 헤이 목사한테 들은 바에 따르면, 오웬과 조지는 광산을 팔 때 아무 역할도 하지 않은 트리제니스의 몫은 적어도 된다고 주장했더군. 그래서 형제간에 칼싸움이 벌어졌어. 다행히 누이동생인 브렌다 양이 그들 사이에서 화해를 시켰고 트리제니스의 몫은 조금 더 많아졌어. 그러나 트리제니스가 동생 조지에 비하면 훨씬 적었지. 트리제니스는 형과 동생을 원망하면서 언젠가 앙갚음을 해야겠다고 벼르고 있었던 거야. 그러던 중 우연히 무서운 독가스를 발생시키는 독극물이 손에 들어왔던 거야."

"하지만 그건 어디까지나 추측이겠지. 증명할 사람은 없잖아. 브렌다 양은 죽고 형제는 미쳐 버렸으니까."

"두 번째 사건으로 미루어 생각하면, 첫 번째 사건의 범인이 트리제니스라는 결론이 나와."

"트리제니스는 어떤 방법으로 범행을 저질렀을까?"

"그날 밤 트리제니스는 형님 집에서 가서 저녁식사를 하고, 모두 함께 카드놀이를 즐겼어. 10시 반쯤 되자 트리제니스는 작별 인사를 하고 난로 앞을 지나 현관으로 향했어. 난롯불은 활활 타오르고 있었지. 트리제니스는 난로를 지날 때, 주머니에서 독극물을 꺼내 난로 속에 슬쩍 던졌지. 형제들은 카드놀이에 열중해 있었으므로 아무도 눈치채지 못했어. 트리제니스는 현관문을 열고 밖으로 나가서 문을 다시 꼭 닫았어. 그러고는 곧장 목사관으로 돌아가 버린 거야."

"그걸 무엇으로 추리할 수 있나?"

"트리제니스의 발자국이 증명하고 있어. 참극은 트리제니스가 그 집을 나선 지 얼마 안 되어 일어났지. 독가스의 대부분은 연통을 통해 빠져 나갔지만, 그 중의 일부가 밀폐된 방 안에 남아 있었던 거야."

"정말 끔찍한 일을 저질렀군. 잘못이 없는 브렌다 양은 왜 죽었을까?"

"트리제니스는 세 형제를 죽일 생각이 아니라, 모두 미치광이로 만들 생각이었을 거야. 독가스의 대부분이 연통으로 빠져나간다는 것을 알고 있었을 테니까 말이야. 세 사람이 미치광이만 되어도 재산은 당연히 자기에게로 돌아오지. 그러나 몸이 약한 브렌다 양이 독가스를 조금 마시고도 죽어 버렸어."

나는 문득 생각나는 점을 말했다.

"트리제니스는 아름다운 동생 브렌드 양의 죽음을 괴로워한 나머지 자살해 버린 게 아닐까? 같은 독가스를 써서 말이야."

"와트슨, 그건 틀린 생각이야. 교활한 트리제니스가 자살 같은 걸 할 리가 있나. 살해당한 거야. 증거도 있어. 그럼 트리제니스를 죽인 건 누굴까? 그걸 알고 있는 사람은 나 이외에 또 한 명 있어. 이봐, 바로 그 인물이 찾아오셨어. 중요한 손님이니까 내게 맡겨 주게."

울타리 너머로 탐험가 레온 스탕달 박사의 모습이 보였다.

그는 엽궐련을 입에 물고 있었다.

"홈즈 씨, 도대체 무슨 볼 일이오? 당신의 편지를 받고 오긴 했지만, 나는 바쁜 몸이오. 내일 아프리카로 출발할 예정이니까."

"결코 오래 끌지 않겠습니다. 이런 호젓한 곳에 오시라고 한 것은 비밀이 새어나갈 염려가 없기 때문이죠."

"비밀이라니, 무슨 말이오?"

"트리제니스를 죽인 건 누구일까 하는 문제입니다. 박사님은 그 범인을 잘 알고 있을 겁니다."

"뭐라고?"

박사는 물고 있던 엽궐련을 집어던지고, 무서운 눈초리로 홈즈를 노려보았다. 나는 피스톨을 가져오지 않은 것을 안타깝게 생각하였다. 박사의 얼굴이 분노로 일그러졌고 두 주먹을 휘두르며 금방이라도 홈즈에게 달려들 기세였다. 숨 막힐 듯한 몇 초가 흘렀다.

그때 갑자기 생각을 바꿨는지, 박사가 주먹을 내리며 부드럽게 말했다.

"홈즈 씨. 미안하오. 걸핏하면 폭력을 휘두르는 나쁜 버릇이 생겼소. 당신을 해칠 생각이 전혀 없소."

"나도 당신을 해칠 생각이 조금도 없습니다. 그 증거로 나는 모든 사실을 알고 있으면서도, 이곳에 경찰을 부르지 않았습니다. 그만 의자에 앉으시죠."

홈즈의 말에는 누구도 거역할 수 없는 위엄이 깔려 있었다. 박사가 비로소 얌전히 나무 의자에 앉았다.

"도대체 무슨 말을 하려는 거요?"

"나는 당신을 트리제니스 살해의 유력한 용의자로 보고 있습니다. 당신이 왜 트리제니스를 죽였는지, 그 이유를 듣고 싶군요."

"뭐라고?"

박사는 벌떡 일어나 홈즈를 노려보았으나, 결국 진정하고 다시 앉았다.

"당신은 사람을 겁주는 데에 명수로군요. 당신이 탐정으로 성공한 것도 그 때문이겠지."

홈즈가 거침없이 대꾸하였다.

"당신은 어제 나를 찾아와서, 트리제니스 형네 집에서 일어난 사건의 범인이 누구냐고 물었습니다. 내가 누구를 의심하고 있나 알아보려고 했던 것입니다. 내가 알 수 없다고 대답하자, 당신은 화를 내며 돌아갔죠. 내가 그 뒤를 밟았지요."

"나는 누구에게도 미행당한 기억이 없는데…."

"당신에게 들킨 만큼 서툰 짓은 하지 않소. 당신 숙소 앞에는 도로공사에 쓰이는 붉은 자갈 더미가 있죠. 당신은 그 자갈 더미를 유심히 바라보다가 집 안으로 들어갔소"

스탕달 박사가 놀라서 눈을 크게 떴다.

"지금부터 내가 하는 얘기를 잘 들어보십시오. 당신은 오늘 새벽, 해뜰 무렵에 집을 나섰소. 그리고 집 앞의 자갈 더미에서 붉은 색 자갈 몇 개를 주머니에 넣은 후, 트리제니스가 있는 목사관으로 갔소. 그리고는 뒤꼍에 있는 과수원을 가로질러 정원으로 잠입했소. 그 증거가 있어요. 당신이 지금 신고 있는 밑창에 줄이 쳐진 테니스화 자국이 과수원에 뚜렷이 남아 있거든요."

박사의 얼굴에는 점점 두려운 빛이 나타났다.

"주위는 밝아졌으나, 목사관에는 아직 아무도 잠에서 깨어나지 않았죠. 당신은 트리제니스가 자고 있는 이층 침실 창문으로 주머니 속에 숨겨두었던 붉은 자갈을 던졌습니다."

그 순간, 스탕달 박사가 벌떡 일어서며, 미친 듯이 고함을 질렀다.

"홈즈, 넌 악마야! 악마가 아니고선 그렇게까지 자세히 알 리가 없어!"

홈즈가 빙그레 웃으면서, 침착한 목소리로 말을 이었다.

"당신이 침실 창문에다 돌을 연거푸 던지는 바람에 트리제니스가 눈을 뜨고 창문을 열었소. 그러자 당신은 아래층 거실로 내려오라고 신호했죠. 트리제니스는 거실로 내려와 창문을 열었습니다. 당신은 그 창문으로 들어가서 탁자 위에 있던 램프에 불을 켰지요. 그러고는 등갓 위에 어떤 독극물을 살짝 뿌려 놓고 재빨리 밖으로 나왔어요. 그런 다음 창문을 꼭 닫았어요. 그리고 정원에 앉아 방의 동정을 지켜보았소. 박사, 거기에 대해서도 증거가 있습니다."

홈즈가 주머니에서 종이 봉지를 꺼내 펼쳤다. 거기에 하얀 엽궐련의 재가 들어 있었다.

"나는 이 재를 정원 잔디밭에서 찾아냈습니다. 당신이 피우는 담배의 재라는 것은 바로 알 수 있지요. 트리제니스는 10분도 안 되어 램프에서 내뿜는 독가스 때문에 죽어버렸습니다. 당신은 그 모습을 끝까지 지켜보고 난 뒤 집으로 돌아갔습니다. 제 추리가 틀립니까? 사실과 거의 틀리지 않을 겁니다. 자, 이제 트리제니스를 죽인 이유를 털어놓으십시오. 만일 조금이라도 속이려든다면, 나는 당신을 곧장 경찰에 넘기겠소"

박사의 얼굴이 흙빛으로 변해 있었다. 생각에 잠겨 있던 박사가 마침내 결심을 한 듯, 호주머니에서 사진 한 장을 꺼내어 탁자 위에 놓았다.

"브렌다 양이군요."

"우린 오랫동안 서로 사랑해 왔습니다. 내가 아프리카 탐험에서 돌아와 이 고장에 살게 된 것도 브렌다 때문입니다."

"그렇게 서로 사랑하면서 왜 결혼을 하지 않았습니까?"

"나한테는 아내가 있었는데 10년 전에 도망가서, 아직 행방도 모르고 있습니다. 영국의 법률로는 나는 이혼을 할 수가 없었고, 결혼도 할 수 없었습니다. 나와 브렌다는 10년 동안이나 기다렸는데, 그 결과가 이런 비극을 가져오고 말았군요."

박사가 흐느껴 울기 시작했다. 홈즈는 안타깝다는 표정으로 그 모습을 지켜보다가, 이윽고 입을 열었다.

"박사님, 브렌다 양은 독가스로 살해된 게 분명합니다. 그 가스를 내는 독극물은 어떤 것입니까?"

스탕달 박사가 호주머니에서 작은 종이 봉지를 꺼내어 책상 위에 올려놓았다. 겉봉에 '악마의 다리의 뿌리'라 씌어 있고, 그 밑에 '독약'이란 빨간 표지가 붙어 있었다.

"와트슨 씨, 당신은 이 독약을 아십니까?"

박사가 물었다.

"모르겠군요. '악마의 다리'란 이름조차 들은 기억이 없습니다."

"모르는 게 당연합니다. 이 독약에 대해서 알고 있는 사람은 유럽에서 한두 사람뿐입니다. 이 식물의 뿌리가 사람과 비슷한 모양을 하고 있어, 어느 선교사가 '악마의 다리'라는 별난 이름을 붙인 것입니다. 아프리카 점쟁이들은 죄인을 자백시킬 때 이것을 이용하고 있습니다. 뿌리를 말려서 만든 가루를 불 속에 집어넣으면 독가스가 발생합니다. 그 가스를 마신 죄인은 곧 미친 사람처럼 되어 뭐든지 자백하고 말지요."

"트리제니스는 어디서 이 가루를 손에 넣었죠?"

"이렇게 된 이상 사실대로 얘기하겠습니다. 나는 사촌인 남자 형제들과는 마음이 맞지 않았으나, 브렌다를 생각해서 겉으로는 사이좋은 척했습니다."

잠시 생각에 잠겨있던 박사가 이어서 이야기를 들려주었다.

"약 2주전 트리제니스가 예고도 없이 저의 집으로 놀러 왔습니다. 나는 토인의 활과 화상, 창 따위의 아프리카 탐험 기념품들을 그에게 보여 주었습니다. 그가 매우 흥미를 느끼는 바람에 나는 그만 긴장이 풀려 독약 가루를 보여 주었습니다. 게다가 이 가루를 불 속에 넣으면 독가스가 발생하고, 이것을 마시면 미치거나 죽는다는 것을 말해버리고 말았습니다. 큰 실수였지요. 그러나 나는 트리제니스가 언제 그 가루를 훔쳤는지 몰랐습니다.

내가 다른 기념품을 보여 주려고 돌아섰을 때 살짝 빼낸 모양입니다. 그런 일이 있고 얼마 후, 나는 아프리카 탐험길에 오르기 위해 프리머드 항으로 갔습니다. 배에 짐을 절반쯤 실었을 때, 라운드 헤이 목사가 브렌다의 죽음을 전보로 알려 주었습니다. 나는 마을로 달려와 목사로부터 자세한 이야기를 들었지요. 틀림없이 '악마의 다리'의 뿌리 가루를 사용했기 때문이라고 생각했습니다. 그런 짓을 할 사람은 트리제니스 뿐이라고 확신했습니다. 범행의 목적은 물론 돈이었습니다. 형제들이 미쳐 버리기만 해도 재산은 모두 자기의 것이 된다고 생각했겠지요. 나는 사랑하는 브렌다를 잃어버린 슬픔과 트리제니스에 대한 분노가 치밀었습니다. 그래서 꼭 원수를 갚겠다고 결심했습니다. 그러나 그가 범인이란 것을 경찰에 알리지는 않기로 했습니다. 시골의 재판관들은 아무도 이런 독약이 있다는 것을 모를 것이기 때문입니다. 뿐만 아니라 내가 독극물을 재판관들 앞에서 실험해도 트리제니스가 그 독약을 사용했다는 확증이 없습니다. 따라서 트리제니스는 무죄가 될 것이고, 형제들의 재산을 독차지해서 평생을 편안하게 살아갈 수 있는 것입니다."

박사는 유명한 탐정인 홈즈도 이 사실을 알고 있을지도 모른다는 생각에서 브렌다를 죽인 범인이 누구냐고 물었던 것이다. 그러나 홈즈마저도 모른다고 말했던 것이다.

결국 트리제니스가 그 독약을 사용한 사실을 알고 있는 사람은 박사 자신뿐이라고 생각했던 것이다. 그러나 박사도 아프리카 탐험에 나서면 당분간은 돌아오지 못할 것이다. 결국 트리제니스를 처벌할 수 있는 사람은 자기밖에 없다고 생각한 박사는, 하늘을 대신하여 그를 죽여야겠다고 결심했던 것이다.

그 이후, 범행과정은 홈즈가 말한 것과 조금도 다르지 않았다. 그때 창문을 넘어 거실로 들어간 박사는 아프리카 탐험 때 쓰던 회전식 권총을 트리제니스한테 들이대고 "브렌다를 죽이고 두 형제를 미치게 한 건 너지?"하고 소리쳤다.

권총을 본 트리제니스는 와들와들 떨면서, "제가 저지른 일입니다. 돈은 얼마든지 드릴 테니, 제발 용서해 주십시오"하고 빌었다. 박사는 더 이상 생각할 필요가 없다고 생각했다. 그는 탁자 위에 있는 램프에 불을 붙이고, 심지를 키워 놓았다. 그리고 램프의 갓에다 그 독가루를 뿌리고는 재빨리 밖으로 나온 뒤 창문을 닫았던 것이다.

　박사는 정원의 잔디에 웅크리고 앉아 담배를 물고 오른손으로는 권총을 겨누고 있었다. 만일 트리제니스가 의자에서 움직이기만 하면 즉시 쏘아 죽이려고, 방 안의 동정을 살피고 있었던 것이다.

　그러나 트리제니스는 5분도 안되어 손발이 굳어지며 죽었다. 공포에 일그러진 얼굴로 죽어가는 그의 얼굴을 지켜보면서도 얼음처럼 냉정한 박사의 마음은 조금도 흔들리지 않았다.

　그는 트리제니스가 죽은 것을 확인한 다음에야 집으로 돌아갔다.

　"홈즈 씨, 이로써 모든 것을 다 털어놓은 셈입니다. 만일 당신이 한 여자를 깊이 사랑한 경험이 있다면, 아마 당신도 내가 한 것과 똑같이 했을 것입니다. 어떻든 내 목숨은 홈즈 씨, 당신 손에 달렸습니다. 나를 경찰에 넘기든지 말든지, 당신 마음대로 하십시오. 재판 결과 사형을 당해도 좋습니다. 브렌다가 없는 세상에서 더 살아서 뭐하겠습니까."

스탕달 박사는 그것으로 이야기를 끝냈다. 한동안 침묵이 흘렀다. 얼마 후, 홈즈가 물었다.

"박사님, 복수가 끝나면 어떻게 할 작정이었나요?"

"배를 타고 최후의 아프리카 탐험에 나설 작정이었습니다. 아프리카에는 내가 해야 할 일이 아직도 많이 남아 있습니다. 그 일을 끝내고 나서 정글 깊숙한 곳에서 생을 마감할 생각이었습니다."

"박사님, 그 계획대로 곧 아프리카로 건너가서 남은 일을 끝내십시오. 나는 당신을 여기 잡아둘 생각이 없습니다."

홈즈가 조용히 말했다.

스탕달 박사는 천천히 몸을 일으키며 홈즈를 바라보았다. 나는 박사가 홈즈의 선처에 감사할 줄 알았다. 그러나 박사는 고맙다는 말 한마디 없이 가버렸다.

홈즈는 잠시 그 뒷모습을 바라보다가, 호주머니에서 파이프를 꺼내어 불을 붙였다. 그러고는 담배쌈지를 나에게 건네주었다.

"와트슨, 한 대 피워 보게. 기분 전환에 좋을 테니까.

이번 사건에서 난 경찰과는 관계없이 혼자 조사해 왔어. 그러니까 박사를 놓아 주어도 별로 책망은 듣지 않겠지. 그 대신 내가 발견한 단서를 모두 남겨두었어. 만일 이곳 경찰에 능력 있는 사람이 있다면, 그 단서를 바탕으로 해서, 트리제니스 살인범을 찾아내고 체포할 수 있을 거야. 자넨 내가 스탕달 박사를 놓아 준 것이 못마땅한가?"

"아니, 오히려 잘했다고 생각하네. 박사는 두 번 다시 영국으로 돌아오지 않을 거야. 아프리카의 깊숙한 정글 속에서 일생을 마치겠지. 그 편이 박사를 감옥에 넣거나 사형시키는 것보다 훨씬 인류를 위해 도움이 되겠지."

"그렇게 생각해 주니 고맙네. 와트슨, 그런데 난 자네와는 달리 연애 감정이 전혀 없어. 만일 내가 사랑하는 여성이 브렌다 양과 같이 처참한 죽음을 당했다면, 나도 스탕달 박사와 같은 짓을 했을지 몰라. 사람이란 자기가 그런 환경에 있어 보지 않고서는 스스로 장담할 수 없으니까 말이야."

"그건 그렇고, 자네가 스탕달 박사를 트리제니스 살해범으로 보게 된 단서는 무엇이었나?"

"거기에는 다섯 가지 이유가 있어. 첫째가 이 붉은 빛이 도는 자갈이야."

홈즈는 주머니에서 작은 돌을 꺼내 보였다.

"목사관에 갔을 때, 내가 트리제니스의 침실 창문을 조사하던 일을 기억하나? 유리창에는 희미하게 금이 가 있었고, 창 밑에는 이 붉은 자갈이 2개 놓여 있었어. 누군가가 정원에서 이층 창문에다 던진 게 틀림없다고 생각했지. 나는 그 돌 하나를 주머니에 넣고, 목사관 주위는 물론 온 마을의 길들을 샅샅이 조사했어. 그런데 이렇게 붉은 빛이 도는 작은 돌은 스탕달 박사의 집 앞 이외는 아무 데도 없는 거야. 그래서 스탕달 박사가 트리제니스를 죽인 범인일지도 모른다고 생각하게 되었지."

"그럼 두 번째 이유는 뭔가?"

"나는 목사관 정원 잔디밭에서 하얀 담배 재를 찾아냈어. 그건 박사가 피우던 담배의 재와 같은 것이었네. 그곳은 트리제니스의 거실이 똑똑히 들여다보이는 장소였어. 그리고 세 번째로, 트리제니스의 거실 탁자 위에서 타고 있던 램프를 조사해 보았지. 기름통의 석유는 거의 줄지 않았어. 이것은 그 램프가 켜진 지 얼마 되지 않았다는 증거 아니겠나."

나는 새삼 홈즈의 추리에 감탄하며, 이야기를 재촉했다.

"그 다음 나는 램프의 갓 끝에 묻어 있던 다갈색 가루를 칼로 긁어서 집으로 가져왔어. 그리고 자네와 둘이서 실험을 했지. 우린 하마터면 미치거나 죽을 뻔 했지. 이로써 두 번의 사건에 모두 같은 독이 사용되었다는 것을 알아냈지. 와트슨, 자네도 알다시피 나는 독물에 대해서는 많은 지식을 갖고 있어. 그런데 램프의 갓에서 긁어낸 다갈색의 가루는 세계 어디에도 없는 것이야. 나는 아프리카에 간 적이 없기 때문이지. 그렇다면 여러 차례 아프리카 탐험에 나섰던 스탕달 박사가 가져온 것이 아닐까 하는 의심이 생긴 건 뻔하지 않나."

"듣고 보니 그렇군. 아직 한 가지 더 남아 있지?"

"나는 목사관 뒤에 있는 과수원의 부드러운 땅 위에서 스탕달 박사가 늘 신고 다니는 테니스화의 발자국을 발견했어. 그 발자국은 돌아가는 길과 돌아오는 길에서 두 가닥으로 나 있었지. 이상 다섯 가지의 단서를 바탕으로, 나는 트리제니스를 죽인 범인은 스탕달 박사가 틀림없다고 단정한 거야."

"참으로 멋진 추리야."

"스탕달 박사의 이야기를 듣기 전에는 독극물의 이름도, 그가 트리제니스를 죽인 이유도 몰랐거든. 그런데 와트슨, 아까 박사가 돌아갈 때의 뒷모습을 보았나? 거인 같은 사나이가 어깨를 축 늘어뜨리고 가는 모습이 여간 쓸쓸해 보이지 않더군. 애인을 잃어버린 충격이 컸던 모양이야. 나머지 탐험을 무사히 끝내 주었으면 좋겠는데…."

스탕달 박사가 아프리카로 떠난 지 5년째 되는 해, 박사가 깊은 정글에서 행방불명이 되었다가, 늪 근처에서 시체로 발견되었다는 소식이 전해졌다. 탐험을 모두 마치고 애인 브렌다 양의 뒤를 쫓아간 모양이다.

얼룩 머리띠

내가 셜록 홈즈의 수사방법을 지난 8년 동안 연구해 온 것이 70가지나 된다. 사건 기록을 읽어보면, 여러 비극과 몇 개의 희극, 그리고 단순하면서도 괴상한 사건을 발견할 수 있었다. 평범한 사건은 하나도 없다. 셜록 홈즈는 보수를 목적으로 일한 것이 아니라 자신의 능력을 사랑했기 때문이다. 기이한 과정을 거친 사건이 아니면 손대기 싫어했다는 사실이다.

그중에서도 서리 주 스톡 모런에 사는 로일럿 집안의 일보다 더 괴상한 사건은 생각해 낼 수 없을 것이다.

그 사건은 내가 홈즈와 둘이서 베이커 거리의 집에 살던 때에 일어난 일이었다. 따라서 이 사건을 더 일찍 발표할 수도 있었다. 그러나 비밀로 하기로 약속했기 때문에 묻어둔 것이다. 그러던 중에, 상대방 부인이 지난

달에 갑자기 세상을 떠났기 때문에, 우리는 그 약속으로 부터 풀려난 것이다. 그림즈비 로일럿 박사의 죽음에 대해 사실과는 상당히 다른 소문이 널리 퍼져있으므로, 이제는 진실을 밝히는 게 좋을 것 같았다.

그것은 1883년 4월 초의 일이었다. 어느 날 아침 문득 눈을 떠보니, 옷을 차려입은 홈즈가 내 침대 옆에 서 있는 것이었다. 시계를 보니 7시 15분밖에 안 되었다.

나는 좀 놀라서 눈을 깜박거리며 그를 쳐다보았다. 그는 대체로 늦잠을 자기 때문이다. 나는 언제나 규칙적인 생활습관을 지녔으므로 그로서는 불만스러웠을 것이다.

"와트슨, 잠을 깨워 미안하네. 실은 오늘 아침 나도 같은 일을 당했네. 허드슨 부인이 먼저 깨웠고, 그녀가 화풀이로 나를 깨웠거든."

"무슨 일인가. 불이라도 났나?"

"의뢰인이 왔네. 어떤 젊은 여성이 나를 자꾸 만나자는 거야. 지금 저 방에서 기다리고 있네. 이런 시각에 도시를 헤매다가 아직 잠자는 사람을 깨운 것을 보니, 아무래도 급한 사정이 있는 모양일세. 만일 재미있는 사건이라면 자네도 알고 싶겠지. 그래서 함께 이야기를 들으려고 자네를 깨운 거라네."

"그런 일이라면 놓칠 수 없지."

나는 홈즈의 탐색 정신에 비상한 흥미를 가지고 있었다. 의뢰받은 어려운 문제를 풀 때, 언제나 직관에 따른 재빠른 그의 추리에 나는 감탄하고 있었다. 그의 사고는 언제나 논리적이었다. 그것이 고작 내가 하는 일이었다.

나는 서둘러 옷을 입고, 홈즈와 함께 거실로 내려갔다.

검은 옷을 입고 두꺼운 베일을 쓴 여인이 창가 의자에 앉았다가 우리를 보고 일어섰다.

홈즈가 반가운 투로 말했다.

"안녕하십니까. 내가 셜록 홈즈입니다. 이 사람은 나의 친한 친구며 동료인 와트슨 박사입니다. 물론 이 사람 앞에서도 마음 놓고 이야기 하십시오. 허드슨 부인이 벌써 불을 피워놓았군요. 이 앞으로 다가오십시오. 추우신 모양이니 곧 따끈한 커피를 한 잔 드리겠습니다."

그녀는 시키는 대로 자리를 옮기며 낮은 소리로 말했다.

"추워서 떠는 게 아니에요."

"그럼, 왜 그러십니까?"

"공포 때문이지요. 홈즈 선생님, 무서워요."

그녀가 비로소 베일을 벗었다. 측은할 정도로 얼굴은

창백했고, 눈은 쫓기는 짐승처럼 불안하게 흔들리고 있었다. 얼굴이나 몸매로는 30세 정도로밖에 보이지 않았다. 그러나 머리는 벌써 흰빛이 듬성듬성 섞이고 볼은 많이 여위어 있었다. 홈즈는 모든 것을 한꺼번에, 그리고 빠르게 꿰뚫어보는 그의 독특한 눈으로 그녀를 관찰했다.

홈즈는 위로하듯 그녀의 팔을 가볍게 두드리면서 말했다.

"두려워하실 것 없습니다. 곧 해결해 드리겠습니다. 오늘 아침에 기차를 타고 오셨군요."

"어머, 어떻게 아세요?"

"당신 장갑 속의 왕복 기차표 반쪽을 보고 안 것입니다. 아침 일찍 집에서 나와 역까지 이륜마차를 타고 진창길을 달려 오셨어요."

그녀는 몹시 놀라 어쩔 줄 모르며 홈즈를 바라보았다. 홈즈가 웃으며 말을 이었다.

"조금도 이상하게 생각하실 것 없습니다. 윗도리 왼팔에 진흙 얼룩이 일곱 개나 있군요. 그 진흙 얼룩이 아직 채 마르지도 않았습니다. 그런 곳에 진흙 얼룩이 튀었다는 것은 이륜마차의 마부 왼편에 앉았을 때입니다."

"지금 하신 말씀은 모두 옳아요. 6시간 전에 집을 나와 6시 20분에 레더헤드에 와서 첫 기차로 위털루역에 도착했답니다. 홈즈 씨 나는 몹시 불안해요. 곧 미쳐버릴 것 같아요. 나는 의지할 사람이 아무도 없어요. 내 일을 염려해 주는 분이 한 사람 있지만, 아무 도움도 안 된답니다. 마침 선생님 말씀을 들었어요. 파링터시 부인에게서 들었지요. 그 부인은 매우 긴급할 때에 선생님한테 도움을 받았다더군요. 그래서 선생님의 주소를 알았어요. 선생님, 나도 좀 도와주셔요. 지금 당장은 선생님한테 보답할 수는 없어요. 그러나 한 달 뒤에 결혼을 하게 되면 내 재산을 마음대로 쓸 수 있거든요. 그때까지 은혜를 잊지 않겠어요."

홈즈는 자기 책상으로 가서 그가 이제까지 다뤄온 사건을 적어둔 노트를 꺼냈다.

"파링터시 부인의 이름을 기억합니다. 오팔 머리장식에 대한 사건이었지요. 와트슨, 자네와 친구가 되기 전의 사건일세. 나는 파링터시 부인에게 했듯이 당신한테도 기꺼이 도움을 드리겠습니다. 보수에 대해서는 내 직업 자체가 보수입니다. 형편 좋으실 때, 내가 쓴 비용만 갚아주시면 됩니다. 그 대신 당신의 사건에 대해 우리들이 의견을 모으는 데 도움 될 이야기를 모두 들려주셔야 합니다."

그녀가 머리를 끄덕였다.

"두려움은 사실 막연한 것이에요. 그리고 내가 지금 의심을 품고 있는 것도 모두 하찮은 일일 수가 있어요. 내가 도움을 청했던 사람까지도 그것을 신경이 예민한 여자의 망상으로 돌려버리니까요. 그러나 선생님께서는 사람 마음속을 예리하게 꿰뚫어 보신다는 이야기를 들었어요. 선생님께서는 지금 나를 에워싸고 있는 공포에서 벗어날 방법을 꼭 가르쳐 주실 줄 믿어요."

"물론입니다. 정신을 집중하여 듣고 있습니다."

"내 이름은 헬런 스토너예요. 지금 함께 살고 있는 분은 의붓아버지예요. 서리 주 서쪽 변두리 스톡 모런 지방의 로일럿 가문이지요. 영국에서 가장 오래 된 색슨계 집안에 유일하게 살아남아 있는 후손이랍니다."

"그 집안 이름은 나도 알고 있습니다."

"그 집안은 한때 영국에서 으뜸가는 부자였어요. 가진 땅이 서리 주의 경계선을 넘어 북쪽으로는 버크셔까지 뻗었고, 서쪽으로는 햄프셔까지 이르렀지요. 지난 세기에 조상이 대대로 방탕하고 낭비하는 성격이었어요. 게다가 섭정시대에 노름을 좋아했기 때문에, 결국 모든 재산을 탕진했답니다. 그래서 2, 3에이커의 논밭과 여러 차례 저당 잡힌 2백 년 묵은 저택 한 채밖에 남지 않았지요. 아버지 되시는 분은 그곳에서 결국 가난뱅이 귀족으로 돌아가셨어요. 그의 외아들인 나의 의붓아버지는 친척에게서 돈을 빌려 의사 공부를 하였고, 인도 캘커타로 가서 병원을 크게 차리고 있었어요. 그런데 집 안에서 때때로 물건이 없어지는 데 격분해서, 인도인 하인의 머리를 때려 죽였답니다. 그러나 사형만은 가까스로 면하게 되었지요. 그러나 오랜 징역살이를 치른 뒤 우울하고 기이한 성격으로 바뀌어 영국으로 돌아왔어요. 로일럿 박사는 인도에 있을 때 나의 어머니와 결혼했어요. 그 즈음 어머니는 뱅갈 주 포병 육군소장이었던 스토너의 미망인이었지요. 언니 줄리어와 나는 쌍둥이로, 어머니가 재혼할 때 두 살이었답니다. 어머니는 막대한 재산을 가지고 있어서 1년에 이자만도 1천 파운드가 넘었어요. 이 유산을 모두 의붓아버지에게 주었지요. 그러나 그 재산은 우리 자매가 의붓아버지와 함께 사는 동안뿐이고, 우리가 결혼하면 해마다 일정한 돈만 준다는 조건이었어요. 영국에 돌아온 지 얼마 안 되어 어머니는 돌아가셨어요. 지금으로부터 8년 전 일로, 크루 언저리의 기차 사고 때문이었지요. 로일럿 박사는 다시 개업할 생각이 없어, 우리들을 데리고 스톡 모런의 옛집으로 돌아왔어요. 어머니가 남겨놓은 재산은 우리들이 생활하기에

넉넉했거든요. 우리들의 행복은 계속되리라고 생각했지요. 그러나 그때부터 의붓아버지는 무서운 사람으로 돌변했어요. 스톡 모런에서는 로일럿 박사가 다시 옛집으로 돌아왔다고 이웃 사람들이 무척 기뻐했지요. 그러나 아버지는 이웃 사람들과 사귀지 않고 집 안에만 틀어박혀 있었어요. 어쩌다 외출하면, 길에서 만나는 사람들과 자주 싸우곤 했어요. 난폭한 성격은 그 집안의 내력인데, 의붓아버지는 더욱 심했던 거예요. 오랫동안 열대지방에서 살았기 때문이에요. 부끄러운 이야기지만 두 번이나 경찰서까지 갔으니까요. 결국 마을에서는 공포의 대상이 되어 사람들은 그를 보면 모두 피했답니다. 지난주에도 그는 마을의 대장간 주인을 다리 난간에서 개울 속으로 밀어버렸어요. 법적인 문제로 번지지 않도록 하기 위해 내가 가진 돈을 모두 주었어요. 그래서 새로운 소문이 떠도는 것을 막을 수 있었지요."

그녀의 어조는 차분했으나, 다소 숨이 차는 것 같이 보였다. 그래서 홈즈가 물 한 잔을 가져다주었다. 물을 마신 그녀가 잠시 후 얘기를 이었다.

"의붓아버지한테는 친구라곤 집시 외에는 아무도 없어요. 집시들에게 겨우 남아 있는 2, 3에이커의 가시나무 밭에 천막을 치게 했어요. 자신도 그 안에 들어가 손님 대접을 받거나, 때로는 몇 주일씩 그들과 함께 이곳 저곳을 떠돌아다닌답니다. 또 인도 산 동물들을 무척 좋아해서 인도에 있는 대리인을 시켜 보내오게 했어요. 지금 기르고 있는 비비가 바로 인도에서 가져온 거예요. 그 놈들이 뜰을 마구 돌아다니므로, 이웃 사람들이 몹시 무서워해요. 선생님들은 지금 내가 말씀드린 이야기로, 언니 줄리어와 나의 생활이 결코 즐겁지 못했다는 것을 짐작하실 거예요. 하인들도 도무지 집에 붙어 있지 않아, 집안일은 모두 우리들 차지였지요. 줄리어는 죽을 때 30살밖에 안 되었지만, 그때 벌써 나같이 머리가 허옇게 세기 시작했지요."

"그러면 언니는 돌아가셨습니까?"

"언니는 바로 2년 전에 죽었어요. 내가 말하려는 것은 바로 언니의 죽음이에요. 우리가 살림을 도맡아 해왔기 때문에, 우리는 또래의 친구나 좋은 집안의 이웃들과 만나는 일이 거의 없었지요. 우리한테 결혼하지 않은 이모가 한 분 있어요. 오노리어 웨스트펠이라는 분으로, 할로 가까이 사셔요. 우리는 이따금 이모 댁에 잠시 다녀오는 것을 허락받을 뿐이지요. 줄리어는 2년 전 크리스마스 때, 이모 댁에 갔다가 휴직중인 해군소령을 만나 약혼했어요. 의붓아버지는 반대하지 않았지요. 그러나 결혼을 2주일 쯤 앞두고 무서운 일이 생겨, 나의 하나밖에 없는 언니가 죽고 말았어요."

홈즈는 의자에 깊숙이 기대앉아 눈을 감고 있다가 눈을 반쯤 떴다.

"그때의 일을 자세하게 말씀해 주십시오."

"그 무서운 시각에 일어났던 사건 하나하나가 내 머릿속에 새겨져 있어 정확하게 이야기할 수 있어요. 아까 말씀드렸듯이 우리 집은 꽤 낡았으므로, 지금은 사랑채만 쓰고 있어요. 침실은 모두 아래층에 있고, 거실은 한가운데에 있지요. 침실은 나란히 있는데 첫 번째가 의붓아버지 방, 그 다음이 줄리어 방, 그리고 다음이 내 방이었어요. 방 셋은 서로 통하는 문이 없고, 복도 쪽으로 똑같이 문들이 나 있지요. 짐작하시겠지요?"

"짐작하고말고요."

"그리고 세 방의 창문은 모두 잔디밭을 향해 나 있어요. 그 무서운 사건이 있었던 날 밤, 의붓아버지는 일찍이 침실로 들어갔어요. 그가 즐겨 피우는 지독한 인도 담배냄새 때문에, 언니는 무척이나 괴로워했어요. 의붓아버지가 자려고 방으로 들어 간 게 아님을 우리들은 알았지요. 언니는 자기 침실에서 나와 내 방으로 왔어요. 언니는 오랫동안 내 방에 앉아, 곧 있을 결혼식 이야기를 했지요. 11시가 되어서 언니가 방에서 나가다가 문가에서 갑자기 나를 돌아보며 말했어요.

'헬런, 한밤중에 휘파람부는 소리를 들었지?'

'아니, 못 들었는데.'

'네가 자면서 휘파람분다고 생각할 수는 없고.'

'물론이지. 그런데 그건 왜 물어?'

'나는 요즘 밤 3시쯤 되면 낮은 휘파람 소리를 듣는단다. 그게 사나흘 됐어. 나는 잠귀가 밝아서 그 소리에 곧 깨거든. 그 휘파람 소리가 어디서 나는지 모르겠어. 옆방에서 나는지, 아니면 잔디밭에서 나는지 도무지 모르겠어. 너도 그런 소리를 들었는지 알아보려고 그러는 거야.'

'나는 못 들었어. 아마 그 더러운 집시가 가시나무 덤불 쪽에서 부는 것이겠지.'

'그럴까? 하지만 잔디밭 쪽이라면 네가 어째서 못 들었을까?'

'나는 잠귀가 어두워서 그렇겠지.'

'그까짓 거, 대단치 않은 일이니까.'

줄리어는 나를 보고 웃으면서 문을 닫고 나갔어요. 그리고 몇 분 뒤 문 잠그는 소리가 들렸지요."

홈즈가 급히 끼어들었다.

"두 분 다 방문을 잠그고 잡니까?"

"물론이에요."

"왜 그렇습니까?"

"의붓아버지가 표범과 비비를 기른다고 말씀드렸지요. 문을 잠그지 않으면 마음이 놓이지 않아요."

"그렇겠군요. 이야기를 계속하십시오."

"그날 밤은 잠이 안 왔어요. 막연하지만, 어떤 무서운 일이 일어날 것 같은 예감이 들었던 거예요. 기억하시겠지만 나와 언니는 쌍둥이예요. 우리 두 사람의 마음이 얼마나 잘 통하는지 아실 거예요. 그날 밤은 폭풍우가 거셌어요. 요란한 비바람 속에서 갑자기 무서움에 떠는 여자의 비명이 들려왔어요. 나는 그것이 언니의 비명소리라는 걸 알았지요. 나는 복도로 뛰어나갔어요. 내 방문을 여는 순간, 언니가 말한 것과 같은 휘파람 소리가 들리는 듯했지요. 그리고 잠시 후 무거운 쇠붙이가 떨어지는 것 같은 소리가 들렸어요. 그런데 뜻밖에 언니의 방문에 열쇠가 꽂혀 있고, 문이 조용히 열렸어요. 나는 방안에서 무엇이 튀어나오지 않을까 잔뜩 겁을 집어먹고 지켜보았어요. 복도의 불빛으로 언니가 나오는 모습이 보였어요. 얼굴이 공포로 파랗게 질리고, 손을 허우적거리고 있었지요. 나는 언니를 끌어안았어요. 그러나 그때는 벌써 무릎의 힘이 빠진 듯 마룻바닥에 쓰러졌어요. 언니는 무서운 고통 속에 있는 듯 몸을 뒤틀고 손발을 심하게 떨었어요."

이때 홈즈가 갑자기 그녀의 말을 가로막았다. 그러고는 왠지 자신의 호흡을 가다듬는 것이었다. 그렇게 1분쯤 지나자, 얘기를 계속하라고 그녀에게 손짓을 보냈다.

"처음에는 언니가 나를 몰라보는 것 같았어요. 그런데 내가 언니의 얼굴을 들여다보자 언니가 별안간 나에게 외쳤어요. 잊혀지지 않는 목소리로 '오, 헬런, 얼룩띠야!' 하고 부르짖는 거예요. 그리고 다른 말을 더 하려는 것처럼 손으로 아버지 방 쪽을 가리켰지만 공포에 질려 말을 못했지요. 내가 큰소리로 아버지를 불렀어요. 그때 아버지는 가운을 입고 침실에서 나오고 있는 중이었지요. 아버지가 옆에 왔을 때 언니는 정신을 잃었어요. 아버지는 언니에게 브랜디를 먹이고는 의사를 불러오게 했어요. 그러나 언니는 정신을 차리지 못하고 점점 힘이 빠지더니, 그만 눈을 감았어요. 그것이 언니의 최후였어요."

"잠깐 기다리십시오. 그 휘파람 소리와 쇠붙이 소리는 확실합니까?"

"그 점을 주의 검시관이 심문할 때도 내게 묻더군요.

분명히 들었다고 생각하지만, 폭풍우가 심한 밤이었어요. 게다가 집이 낡아서 삐걱거리는 소리를 내고 있었으니 잘못 들었는지도 모르지요."

"언니는 옷을 입고 있었습니까?"

"잠옷을 입었어요. 오른손에는 타나 남은 성냥끄트머리가 있었고 왼손에는 성냥갑을 쥐고 있었고요."

"그 소동이 일어났을 때, 언니가 불을 켜고 주위를 둘러본 사실은 대단히 중요한 점입니다. 검시관이 어떤 결론을 내렸습니까?"

"의붓아버지에 대해 전부터 나쁜 평판이 나 있어, 검시관은 세심하게 이 사건을 다루었지요. 그러나 끝내 죽음의 원인에 대해 만족할 해답을 얻지 못했어요. 문은 안쪽으로 잠겼고, 창은 안에서 쇠빗장으로 거는 덧문으로 항상 닫혀 있었다고 나는 증언했지요. 벽들도 자세하게 두드려보았어요. 모두 이상 없음을 알게 되었고, 바닥도 면밀히 살폈지만 역시 마찬가지였어요. 굴뚝이 넓었으나 큰 못이 네 개나 가로 박혀 있었지요. 그 때문에 언니는 방에 혼자 있었다는 것이 확실해졌어요. 더구나 몸에 상처가 전혀 없었답니다."

"독살 혐의는?"

"의사들이 조사해 보았지만 원인을 밝혀내지는 못했

어요."

"당신은 무엇 때문에 언니가 숨졌다고 생각하십니까?"

"나는 언니가 공포심 때문에 충격을 받았다고 믿어요. 언니가 무엇을 그렇게 무서워했는지는 상상할 수 없지만 말이에요."

"그 당시 뜰의 덤불에는 집시들이 있었습니까?"

"네, 있었어요. 거기에는 언제나 몇 사람씩 머무르고 있었지요."

"그러면, 그 얼룩띠에 대해서 짐작되는 게 없습니까?"

"여러 모로 추리해 보았지만, 놀라서 헛것을 본 것이라고 여겼어요. 혹은 뜰의 덤불 속에 있는 그 집시들을 가리키지 않았나 여겨지기도 해요. 집시들이 머리에 감고 다니는 물방울무늬의 수건을 보고, 얼룩띠로 착각했는지도 모르겠어요."

홈즈는 전혀 이해되지 않는 듯이 머리를 저었다. 그리고 천천히 입을 열었다.

"이것은 대단히 깊은 뜻이 있는 것 같습니다. 다음 이야기를 계속하십시오."

"그로부터 2년이 지났어요. 내 생활은 얼마 전까지 매우 쓸쓸했지요. 그런데 한 달 전 나의 오랜 남자친구가 내게 청혼을 했어요. 그의 이름은 퍼시 아미티지로, 레딩 언저리 클랜 위터에 사는 아미티지 씨의 둘째 아들이에요. 의붓아버지도 반대하지 않아, 올 봄에 결혼하기로 했답니다. 이틀 전부터 우리가 지금 살고 있는 서쪽 건물을 뜯어 고치기 위해, 내 침실 벽을 뚫게 되었어요. 그래서 나는 죽은 언니 방으로 옮기게 되었지요. 그런데 어젯밤 잠을 이루지 못하고 언니가 당한 무서운 일을 생각하고 있는데, 별안간 한밤중에 언니의 죽음을 예고했던 그때의 휘파람 소리가 들려 왔어요. 그때의 상황을 상상해 보세요. 나는 램프를 켜보았으나 방안에 아무것도 없었어요. 마음이 산란해 잠을 다시 이루지 못하고 날이 밝자 집을 빠져나왔지요. 크라운 여인숙 앞에서 이륜마차를 빌려 타고 레더헤드로 달려와, 거기서 이렇게 아침부터 찾아온 거예요."

"잘하셨습니다. 그런데 아직 할 이야기가 남아 있는 것 같습니다만…"

"아니에요. 이것으로 모두 말했어요."

"헬런 양. 잘 생각해 보십시오. 아직 남아 있을 겁니다. 당신은 의붓아버지를 의심하지 않고 있습니다."

"그게 무슨 말씀이세요?"

대답하는 대신, 홈즈는 그녀의 무릎 위의 손을 덮고 있는 검은 레이스를 벗기는 것이었다. 누구의 손에 꽉 쥐였던 것처럼 다섯 개의 검푸른 멍이 그녀의 하얀 팔목에 뚜렷이 나 있는 것이다.

"당신은 지독하게 혹사당했습니다."

그녀는 얼굴이 붉어지면서, 멍자국이 있는 팔목을 슬그머니 가렸다.

"아버지는 무서운 분이에요. 자기 힘이 얼마나 억센지 모르고 있지요."

그리고 오랜 침묵이 이어졌다. 그동안 홈즈는 손으로 턱을 괴고 장작이 활활 타고 있는 난롯불을 바라보았다. 그러다가 입을 열었다.

"지난번 일은 실로 내력이 깊은 사건입니다. 우리들의 활동방향을 결정하기 전에, 세밀히 조사해야 할 일이 많습니다. 잠시도 지체해서는 안 될 일입니다. 우리가 오늘 스톡 모런에 간다면, 당신의 의붓아버지가 눈치 채지 않게 방을 조사할 수 있겠습니까?"

"아버지는 마침 오늘 긴급한 일 때문에 런던에 가신다고 했어요. 온종일 집에 안 계실 테니, 아무 방해도 없을 거예요. 지금 가정부가 하나 있지만, 늙고 우둔하므로 힘 안 들이고 내몰 수 있어요."

"잘되었습니다. 와트슨, 같이 가보는 게 어떻겠나?"

"물론 좋고말고."

"그럼 우리 둘이 가겠습니다. 그리고 당신은 앞으로 어떻게 하실 겁니까?"

"런던에 왔으니, 두어 가지 일을 보고 돌아가겠어요. 하지만 선생님이 오실 때에 맞춰 2시 차로 돌아가겠어요."

"그럼, 오후에 가겠습니다. 나는 지금 끝내야 할 자질구레한 일들이 두세 가지 있습니다. 더 계시다가 아침식사를 들고 가십시오."

"아니에요, 곧 가야 돼요. 선생님께 모두 말씀드리니 속이 후련하군요. 그럼, 오후에 만나 뵐 것으로 믿겠어요."

그녀는 두꺼운 검은 베일을 얼굴에 다시 쓰고 방에서 나갔다.

홈즈가 의자에 기대앉으면서 물었다.

"와트슨, 자네는 이 일을 어떻게 생각하나?"

"매우 불가사의한 사건으로 생각하네. 그녀의 얘기로는 바닥과 벽에 아무 이상이 없고, 외부 인이 문이나 창이나 굴뚝을 통해서도 들어갈 수 없다고 했어. 그렇다면 언니는 방에 혼자 있다가 의문사 했다고 생각할 수밖에 없네."

"그렇다면 밤중에 들린 휘파람 소리와 언니가 죽기

전에 얼룩띠라고 한 말은 어떻게 생각해야 하나?"

"나도 어떻게 판단해야 좋을지 모르겠네."

"밤중에 휘파람 소리가 났고 집시들 무리가 뜰에 있었다고 했어. 의붓아버지는 헬런 양의 결혼을 꼭 막아야 할 여러 가지 정황들이 있어. 언니가 죽기 전에 끈이라는 말을 했으며, 마지막으로 헬런 양이 쇠붙이 울리는 소리를 들었다고 했네. 그것은 덧문을 잠근 쇠빗장이 본디 자리로 떨어진 소리였는지도 모르지. 이러한 모든 것들을 종합해 볼 때, 이 사건은 그런 것들을 추적해야 해결될 수 있을 것 같아. 그럴만한 충분한 증거가 있다고 생각하네."

"그러면 집시들이 무슨 짓을 했다는 건가?"

"알 수 없지."

"지금 설명으로는 이해되지 않는 점이 있네."

"나도 역시 그렇다네. 오늘 우리가 스톡 모런에 가려는 것은 그 때문이지. 이해되지 않는 점을 밝혀내기 위해서 확인하려는 거야."

이때 홈즈가 별안간 소리를 질렀다. 문이 느닷없이 열리더니, 한 거대한 몸집을 가진 사람이 문턱에 버티고 있었기 때문이다. 그는 이상한 옷차림을 하고 있었다. 검은 실크햇을 쓰고, 긴 프록코트를 입고, 각반을 차고,

손에는 사냥꾼 채찍을 들고 있었다. 키가 어찌나 큰지, 모자가 문설주에 닿을 듯하였다. 그의 어깨는 출입문을 가득 메우고 막아설 정도로 넓었다. 얼굴에 주름살이 많이 잡히고, 햇빛에 꺼멓게 그을려 매우 흉악스러운 낯빛으로 우리 둘을 번갈아 보고 있었다. 움푹 들어간 노기 어린 눈매와 높이 솟은 살 없는 코는 흡사 늙은 맹수 같았다.

괴물이 외쳤다.

"당신들 가운데 누구 홈즈요?"

홈즈가 침착하게 대답했다.

"내가 홈즈입니다. 당신은 처음 뵙는 분입니다만…"

"나는 스톡 모런에 사는 그림즈비 로일럿 박사요."

홈즈가 더욱 공손하게 말했다.

"아, 박사님이십니까. 앉으십시오."

그러나 로일럿 박사는 사납게 소리쳤다.

"앉을 필요 없소. 내 의붓딸이 여기 왔었지요? 내가 뒤따라 왔소. 그 애가 무슨 말을 했소?"

"계절에 비해 날이 꽤 춥습니다."

"내 딸이 무슨 말을 했느냐니까!"

홈즈는 그럴수록 침착한 어조로 말을 이었다.

"하지만, 올해는 크로커스 꽃이 잘 피었다더군요."

"나를 속여먹을 셈이로군."

그가 한 발자국 나서면서 채찍을 휘둘렀다.

"나는 벌써부터 네 녀석에 대한 소문을 들어서 알고 있지. 쓸데없는 일에 참견 잘하는 홈즈라고 말이야."

홈즈가 큰 소리로 웃었다.

"참견쟁이 홈즈 녀석! 경찰 끄나풀, 홈즈!"

홈즈는 즐거운 듯이 껄껄대고 웃었다.

"당신 말씀이 굉장히 재미있군요. 나갈 때 문이나 꼭 닫으십시오. 바람이 몹시 부니까요."

"우리 일에 참견 마시오. 나한테 싸움을 걸었다가는 큰코다칠 거요! 이것처럼 말이야!"

그가 한 발 더 다가와, 무쇠 부젓가락을 집어 들고는 활같이 구부려놓았다. 괴력을 과시하는 것이었다.

"내 손에 안 잡히도록 정신 차려!"

그가 또 한 번 외치며 휘어진 부젓가락을 난로에 내던지고는 성큼성큼 걸어 나갔다.

홈즈가 웃으면서 말했다.

"퍽 단순한 친구로군! 좀더 있었더라면, 내 손힘도 그에 못지않다는 것을 보여 주었을 텐데!"

홈즈가 구부러진 부젓가락을 다시 펴놓았다.

"나를 형사처럼 취급하다니, 정말 재미있군. 이 일로

우리는 이 사건에 더 힘을 쓸 수 있게 되었네. 걱정되는 것은 헬런 양이 저 친구에게 미행당하다가 무슨 화를 입지 않을까 하는 거야. 자 와트슨, 아침식사나 하세. 나는 등기소에 가서, 이 사건에 도움 될 만한 자료를 구해 보겠네."

홈즈가 외출에서 돌아온 것은 거의 1시가 되어서였다. 그는 글씨와 숫자를 아무렇게나 휘갈겨 쓴 푸른 종이조각을 손에 들고 있었다.

"나는 죽은 부인의 유언장을 보았네. 내용을 좀 더 확실히 알려고, 유산과 관계되는 투자 자산의 현재 시세를 계산해 보았지. 부인이 죽었을 때에는 연수입이 거의 1천1백 파운드쯤 되었어. 그러나 지금은 750파운드밖에 안 되더군. 딸들은 결혼하면 저마다 250파운드씩 받을 권리가 있지. 그러므로 딸이 하나만 결혼해도 큰 타격을 받을 거야. 두 딸이 다 결혼해 버리면, 아까 그 친구한테는 겨우 생계비만 남는 셈이지. 내가 오전 시간을 낭비한 것이 헛된 일은 아니었어. 그 친구가 딸들의 결혼을 방해할 중대한 근거가 발견되었거든. 우리가 이렇게 우물쭈물할 때가 아닌 심각한 사태가 되었네. 더구나 우리들이 이 사건에 관심을 갖고 있다는 것을 그 늙은이가 안 이상에는 서둘러야 해. 준비되었거든 역마차를 불러 타고 곧 워털루 역으로 나가세. 주머니에 권총을 집어넣고 가는 게 좋겠네. 무쇠 부젓가락을 구부리는 사나이를 상대해야 하니까 일리 2호 권총이 알맞겠지. 그 권총과 칫솔을 가지고 가면 좋을 것일세."

우리는 워털루 역에서 운 좋게 바로 레더헤드로 가는 기차를 탔다. 기차에서 내리자마자 역 앞 여관에서 작은 마차를 빌려 서리 주의 길을 4, 5마일 달렸다. 날씨가 매우 좋았다. 태양 빛은 밝고, 양털을 뿌려놓은 것 같은 구름이 아름답게 떠 있었다. 나무와 길가 울타리에는 새싹이 나오기 시작했다. 공기는 상쾌했다. 봄의 즐거운 소식과 우리가 이제부터 조사하려는 무시무시한 사건은 정말 이상한 대조를 이루는 것 같았다.

홈즈는 마차 앞에 앉아 모자를 눈 밑까지 눌러쓰고는 깊은 생각에 잠겨 있었다. 그러던 그가 벌떡 일어나, 갑자기 내 어깨를 치면서 우물가 쪽을 가리켰다.

"저기를 보게!"

정원수가 우거진 넓은 뜰이 완만한 비탈을 이루며 올라가 작은 수풀과 연결되어 있었다. 나뭇가지 사이로 낡은 집의 잿빛 박공과 대들보가 튀어나온 것이 보였다.

홈즈가 마부에게 물었다.

"저기가 스톡 모런이오?"

"그림즈비 로일럿 박사 저택이지요."

"저기서 집을 짓고 있을 거요. 그 현장에 가고 싶소."

"마을은 저쪽입니다."

마부는 멀지 않은 곳에 지붕들이 몰려 있는 곳을 가리켰다.

"그 저택에 가시려면, 이 언덕을 넘어 좁은 들길로 가시는 게 빠를 겁니다. 저기 여자가 걸어가고 있는 길 말입니다."

홈즈가 손으로 햇빛을 가리고 보면서 말했다,

"헬런 스토너 양이로군. 친절하게 가르쳐줘서 고맙소."

우리가 마차에서 내리자, 마차는 다시 덜그럭거리며 왔던 길로 돌아갔다.

홈즈가 언덕을 오르면서 말했다.

"나는 우리들이 건축가이거나 어떤 사무로 온 줄로 마부가 생각하도록 한 것일세. 그래야 소문이 퍼지지 않거든. 헬런 양, 약속대로 우리들이 왔습니다."

헬런이 기쁜 얼굴로 우리를 맞으러 급히 달려 왔다.

그녀는 우리들과 악수하면서 큰소리로 말했다.

"두 선생님을 많이 기다렸어요. 의붓아버지는 런던에 가셨으니, 저녁 전까지 돌아오지 않을 것 같아요."

"우리들은 이미 박사님을 만나 뵈었습니다."

홈즈는 조금 전 로일럿과 있었던 일들을 간추려 설명했다. 그 이야기를 들은 헬런은 몹시 놀란 듯했다.

"그럼, 내 뒤를 몰래 밟았군요."

"그런가 봅니다."

"빈틈없는 사람이라, 나는 한시도 마음 놓을 수 없어요. 이제 돌아오면 뭐라고 할까요?"

"로일럿 자신이 도리어 조심해야 할 겁니다. 그 사람보다 더 빈틈없는 사람이 뒤쫓고 있으니까요. 당신은 오늘 밤 방문을 잠그고 로일럿을 피해 있으십시오. 만일 그가 폭행을 가할 것 같으면, 우리들이 당신을 할로에 있는 이모님 댁으로 모셔다 드리지요. 자, 우리는 시간을 아껴야 하니까, 빨리 방들을 보여 주십시오."

그 건물은 이끼 낀 잿빛 돌집이었다. 높다란 가운데 채와 그 양 옆으로 뻗은 건물이 마치 게 발 같이 삐죽이 나와 있었다.

왼편 건물은 유리창이 깨져서 널빤지를 댔고, 지붕도 내려앉아 폐가(廢家)나 다름없었다. 가운데 건물도 허술하기는 마찬가지였다. 오직 오른편 건물만이 창에 덧문이 달렸으며, 두세 굴뚝에서 푸른 연기가 흘러나와 사람이 살고 있음을 알게 했다. 끝 벽에 발판을 엮어놓았고,

돌 벽에는 구멍이 패어 있었다. 우리가 갔을 때, 집을 고치는 기색은 전혀 없었다.

홈즈는 잘 가꾸지 않은 잔디밭을 천천히 돌아다니면서, 주의 깊게 유리창 바깥을 조사했다.

"이것이 당신 침실 창문이고, 가운데가 언니 것이고, 가운데 건물에 가까운 것이 로일럿 박사의 창문인가요?"

"맞아요. 그러나 나는 지금 언니가 쓰던 가운데 방에서 자고 있어요."

"집을 고칠 동안만이라고 하셨지요? 그런데 로일럿이 헬런 양이 쓰던 방을 급히 뜯어고쳐야 할 필요는 없을 것 같은데요."

"그래요. 나를 옆방으로 옮기게 할 핑계 같아요."

"그럴 겁니다. 그리고 이 좁은 건물 저쪽에 복도가 있단 말이지요? 방마다 창이 있겠지요."

"작은 창이 있기는 하지만 좁아서 아무도 드나들 수가 없어요."

"밤에 문을 걸고 들어가 계시면, 복도 쪽에서는 아무도 숨어들어 올 수 없는 셈입니다. 그러면, 당신 방 쪽으로 가서 덧문을 닫아봅시다."

헬런이 덧문을 닫자, 홈즈가 여러 가지 방법으로 덧문을 열려고 했지만 도저히 열수가 없었다. 빗장을 쳐들려고 했으나 칼끝도 들어갈 틈이 없었다. 이번에는 확대경을 꺼내 돌쩌귀를 조사해 보았다. 그러나 단단한 쇠로 만들어, 벽돌에 튼튼하게 박혀 있었다.

홈즈는 좀 얼떨떨하여 턱을 어루만지면서 말했다.

"내 추리가 좀 빗나간 것 같군. 빗장을 질러 놓으면 이 창문으로는 결코 들어갈 수 없네. 그러면 이번에는 방안에 무슨 좋은 단서가 있는지 살펴볼까?"

옆에 있는 작은 문으로 들어가자, 벽에 회칠을 한 복도 쪽으로 침실 문 세 개가 나란히 있었다.

우리는 곧장 지금은 헬런 양이 쓰고 있는 언니의 옛날 방으로 들어갔다.

평범한 작은 방이었다. 천장이 낮고 벽난로 입구가 뻥 뚫려 있었다. 모두 오래된 시골집 구조였다. 한 모퉁이에 갈색 옷장이 있고, 또 한쪽에는 흰 시트를 씌운 침대가 놓였으며, 창 왼편으로 화장대가 있었다. 그밖에 작은 등나무 의자 두 개와 방 한복판에 정방형 카펫이 깔려 있었다. 카펫 주위의 마룻바닥과 벽 둘레 널빤지는 벌레 먹은 갈색 떡갈나무로 덮여 있었다. 오래되고 빛이 바래서 그런지, 집을 지을 때부터 그대로 붙어 있는 것 같았다.

홈즈는 한 모퉁이를 의자를 끌고 가서 잠자코 앉더니,

사방의 벽과 아래위를 훑어보는 등, 방안의 모든 부분을 세밀하게 살폈다.

"저 초인종 줄은 어디로 통합니까?"

홈즈는 침대 옆에 늘어져 끝이 배게 위에 얹혀 있는 굵은 초인종 줄을 가리켰다.

"가정부 방으로 통하고 있어요."

"그 줄은 설치한 지 얼마 안 되는 것 같군요."

"2년 전에 설치한 것이니까요."

"언니가 만들어 달라고 하셨습니까?"

"아니에요. 언니가 그것을 쓴다는 얘기를 들은 적이 없어요. 우리는 필요한 것이 있으면 우리들 스스로 마련했으니까요."

"마룻바닥을 좀 살펴 볼 테니, 잠시 용서하십시오."

그는 손에 확대경을 들고 마룻바닥에 엎드려 마루 널빤지 사이에 벌어진 틈을 자세히 살피면서 앞뒤로 재빠르게 기어 다녔다.

그러고는 침대 가까이 가서 관찰하더니, 벽을 따라 눈길을 위아래로 움직였다. 끝으로 초인종 줄을 잡고 힘껏 당겼다.

"웬일일까. 소리가 나지 않는군요."

"소리가 나지 않는다고요?"

"소리가 날 리 없지요. 이 줄은 철사줄에 이어져 있지 않습니다. 퍽 재미있는데요. 자, 이걸 보십시오. 이 줄은 저 위의 환기구멍 위에 박힌 못에 메어져 있지 않습니까?"

"웬일일까요? 나는 전혀 모르고 있었어요."

홈즈는 또다시 줄을 잡아당겼다.

"이상한 걸! 이 방에는 그밖에도 한두 가지 매우 이상한 점이 있습니다. 여기를 보세요. 환기구멍이 옆방으로 통해 있습니다. 건물 바깥으로 환기구멍을 낼 수 있을 텐데, 이상하지 않습니까?"

"그 구멍을 뚫은 지 얼마 안 돼요."

"초인종 줄을 달 때 같이 뚫었겠지요?"

"그때 네댓 군데 공사를 같이 했어요."

"대단히 재미있는 공사를 한 모양입니다. 소리 나지 않는 초인종 줄과 환기되지 않는 환기통이라… 그러면 헬런 양, 이번에는 당신 허락을 받아 맨 안쪽 방을 살펴보기로 합시다."

로일럿 박사의 침실은 딸의 방보다 컸지만, 마찬가지로 소박했다. 접은 침대, 전문서적이 가득 찬 작은 책장, 벽에 기대놓은 평평한 나무의자, 침대 옆에 놓인 안락의자, 둥근 의자, 둥근 탁자, 그리고 큰 쇠금고가 우리들

눈에 띈 주요 물건들이었다.

홈즈는 천천히 돌아다니면서 날카로운 관찰력으로 이것들을 꼼꼼하게 살폈다.

홈즈가 금고를 툭툭 치면서 물었다.

"이 안에 무엇이 들었습니까?"

"의붓아버지의 서류들이에요."

"그럼, 금고 안을 보신 일이 있겠군요."

"몇 해 전에 꼭 한 번 보았어요. 서류가 가득 차 있었던 것 같아요."

"그 외에 다른 것은 들어 있지 않았습니까? 혹시 고양이라든가…"

"고양이라니요? 정말 이상한 말씀을 하시는군요."

"자, 이것을 보십시오."

홈즈는 금고 위에 놓인 작은 우유접시를 들어올렸다.

"아니에요. 고양이는 안 길러요. 바깥에서 큰 표범과 비비를 기르지요."

"그러나 이런 접시에 든 우유로는 표범의 배가 차지 않을 것입니다. 마지막으로 결정해야 할 한 가지 문제가 남았습니다."

홈즈는 나무의자 앞으로 가서, 허리를 구부리고 앉은 자리를 주의 깊게 조사했다.

"이제야 어느 정도 확실해졌습니다."

홈즈는 일어나면서 확대경을 주머니에 넣었다.

"와트슨, 여기 재미있는 게 있네."

그가 가리킨 것은 침대 모퉁이에 걸린 작은 채찍이었다. 그 채찍 끝이 말려져서 둥그렇게 올가미 모양으로 되어 있었다.

"자네는 이것을 무엇으로 보나?"

"뭐, 흔히 있는 채찍이지. 그런데 왜 올가미 모양으로 말려져 있을까?"

"흔히 있는 채찍이 아닐세. 끔찍한 일이야. 참으로 무서운 세상이로군! 이를테면 머리 좋은 사람이 나쁜 데 머리를 쓰면 더 무섭거든. 헬런 양, 이제 충분히 보았으니, 잔디밭으로 나갈까요."

나는 홈즈의 이마가 그토록 찌푸려지고, 그의 얼굴이 그토록 어두운 것을 본 적이 없었다.

우리들은 풀밭을 몇 번이나 오락가락했다. 그러나 홈즈가 침묵에서 깨어날 때까지, 나도 헬런 양도 그를 방해하지 않았다.

마침내 그가 말했다.

"헬런 양. 몹시 긴급한 때니까, 반드시 내 충고대로 움직여야 합니다."

"약속하겠어요."

"한시도 지체할 수 없이 급박합니다. 당신 목숨은 내 말대로 하느냐 하지 않느냐에 달렸습니다."

"네, 무엇이든지 시키는 대로 하겠어요."

"첫째로 나와 와트슨이 오늘 밤 적당한 때에 당신 방에서 지내겠습니다."

나도 헬런도 놀라서 그를 쳐다보았다.

"꼭 그렇게 해야 합니다. 자, 설명하지요. 저쪽에 보이는 게 마을 여관이지요?"

"네, 크라운 여관이에요."

"좋습니다. 거기서 당신 방 창문이 보입니까?"

"물론이에요."

"로일럿이 돌아오면 두통을 핑계대고 당신 방에 들어가 계십시오. 그리고 의붓아버지가 자려고 방으로 들어가거든 곧 바깥 창 덧문을 젖힌 뒤 우리가 있는 크라운 여관을 향해서 램프로 신호를 보내십시오. 그런 다음, 당신이 전에 쓰던 방으로 옮겨가는 겁니다. 수리중이지만 하룻밤쯤 지낼 수 있겠지요?"

"그럴 수 있어요."

"그 뒷일은 우리한테 맡기십시오."

"그럼, 어떻게 하실 건가요?"

"우리는 당신이 방을 옮긴 다음에 당신 방에 머물면서 당신을 괴롭힌 소리가 무엇인지 그 원인을 밝혀내겠습니다."

그러자 헬런이 홈즈의 소매를 잡고 물었다.

"홈즈 씨, 무슨 대책이 있는 건가요?"

"네, 그런 것 같습니다."

"그럼, 부탁이에요. 언니가 왜 죽었는지 가르쳐 주세요."

"말씀드리기 전에, 먼저 확실한 증거를 얻어야 합니다."

"내 추측이 옳은지, 정말 언니가 별안간 놀라서 죽은 것인지, 그것만이라도 가르쳐 주세요."

"아니오. 나는 그렇게 생각하지 않습니다. 아마 구체적인 원인이 분명히 있을 겁니다. 그럼, 우리는 빨리 여관으로 떠나야겠습니다. 만일 로일럿 박사가 돌아와 우리를 보면 이번 일은 실패하는 겁니다. 그럼, 마음 단단히 먹고 계십시오. 내 말대로 하면 당신을 괴롭히는 모든 위험을 곧 몰아낼 수 있을 테니까요."

홈즈와 나는 크라운 여관으로 가서 어렵지 않게 거실이 딸린 침실을 얻었다.

방은 2층에 있었다. 창문으로 스톡 모런 저택의 가로

수 길에 붙은 대문과 지금 사람이 살고 있지 않은 저택이 훤히 보였다.

저녁때가 되어 우리는 로일럿 박사가 마차를 타고 지나가는 것을 보았다. 마부가 무거운 마차 쇠문을 여는데 시간이 걸렸다. 그러자, 박사가 쉰 목소리로 외치며, 마부를 향해서 거칠게 주먹을 휘두르는 모습이 보였다.

마차가 오던 길로 다시 달렸다. 이윽고 로일럿이 거처하는 방에 불이 켜진 듯 나무 사이로 불빛이 비쳐 보였다.

우리가 점점 어두워지는 어둠 속에 앉아 있을 때 홈즈가 말했다.

"솔직히 말하지만, 오늘 밤에는 자네를 데리고 가기가 퍽 꺼려지네. 확실히 위험하니까 말이야."

"내가 자네에게 도움이 되지 않는다는 뜻인가?"

"천만에. 자네가 있는 것이 더할 나위 없이 좋지."

"그럼, 꼭 가겠네."

"정말 고맙네."

"자네, 지금 위험하다고 말했지? 그 방에서 내가 본 것보다 훨씬 많은 것을 본 게로군."

"자네보다 좀 더 추측했을 뿐이야. 자네도 내가 본 대로 보았을 테니까."

"나는 초인종 줄 외에는 이상한 것을 못 보았네. 그러나 솔직히 말해서, 무슨 까닭으로 그런 줄을 매었는지 상상할 수 없네."

"환기구멍도 봤나?"

"봤지만 두 방 사이에 작은 구멍을 뚫은 게 그리 수상하게 보이지 않았네. 너무 작아서 쥐도 들락거릴 것 같지 않더군."

"나는 스톡 모런에 오기 전부터, 환기구멍이 있으리라고 생각했었네."

"그게 사실인가?"

"정말이고말고. 헬런 양이 한 이야기 가운데, 언니가 로일럿 박사의 담배 냄새에 괴로워했다던 말이 기억나겠지. 그 말은 두 방 사이에 반드시 무슨 구멍이 있으리라는 것을 암시한 거지. 그것은 퍽 작은 구멍일 걸세. 그렇잖으면 검시관이 조사할 때 문제가 되었을 테니까. 그래서 나는 환기구멍일 거라고 추측했지."

"그토록 작은 구멍으로 환기가 된다는 건가?"

"이번 사건에 우연한 일치가 있어. 그 자리에 환기구멍이 뚫린 것과 초인종 줄이 매어진 것과 그 바로 밑 침대에서 자던 언니가 죽은 것. 자네는 이상하다고 생각하지 않나?"

"나는 도무지 무슨 관련이 있는지 모르겠는 걸."

"그 침대에서 무슨 이상한 것을 못 보았나?"

"보지 못했어."

"침대가 바닥에 못으로 박혀 고정되어 있더군. 자네는 침대가 움직이지 못하게 못 박은 경우를 본 적 있나? 언니는 침대를 움직일 수 없었네. 침대는 환기구멍과 그 줄 밑에서 언제나 같은 위치에 있어야만 했던 거야. 그 것은 밧줄이라고 보아도 좋을 걸세. 초인종용이 아니었 던 게 분명해."

나는 자신도 모르게 소리를 질렀다.

"홈즈, 나도 이제 자네가 무슨 말을 하려는지 어렴풋 이 알 수 있을 것 같네. 우리는 아주 교묘하고 무서운 범죄를 예방하는데 적절한 시간에 왔군."

"물론이지. 의사가 나쁜 짓을 하면 가장 흉악한 범인 이 되거든. 배짱 있고 지식도 많으니까, 생명보험금 때 문에 아내와 형제를 죽인 파머 의사도, 돈 때문에 아내 와 의붓어머니를 독살한 플리처드 외과의사도 일류였다 네. 로일럿은 그들보다 한 수 더 위야. 그러나 와트슨, 우리는 그보다 더 단수가 높은 것 같네. 이제 우리는 밤 이 새기 전에 무서운 일을 당할 것일세. 이제 천천히 담 배나 한 대 피우며, 몇 시간 동안 유쾌한 일에 마음을 갖자고."

9시쯤 나무 틈으로 보이던 불빛이 꺼지고, 저택 쪽은 완전히 캄캄해졌다. 그로부터 두 시간이 지나 시계가 11시를 알리자, 그때 우리 바로 앞으로 한 가닥 밝은 빛이 반짝 커졌다.

그때 홈즈가 벌떡 일어서면서 말했다.

"아, 신호 불빛이로군. 가운데 방 창에서 비치고 있네."

우리가 여관에서 나갈 때 홈즈는 주인과 몇 마디 나누었다. 우리는 친구를 방문하러 가는데, 어쩌면 거기서 자게 될지도 모르겠다고 설명했다.

잠시 뒤 우리는 어두운 밤길로 나갔다. 한 가닥 노란 불빛이 앞에서 반짝이며, 우리들의 길잡이 노릇을 해주었다.

낡은 담에 고치지 않은 부분이 군데군데 구멍이 뚫려 있어, 집안으로 들어가는 데 그리 힘들지 않았다. 잔디밭을 건너 창문을 넘어 들어가려는 순간, 나무 사이에서 보기 흉한 불구자 같이 생긴 것이 튀어나왔다. 그는 뒤틀린 다리 때문에 풀밭에 넘어지더니 다시 어둠 속으로 사라져버렸다.

"앗! 홈즈, 보았나?"

홈즈도 나만큼이나 놀란 모양이었다. 그는 흥분해서 내 팔목을 무섭게 꽉 쥐었다. 그러고는 낮은 웃음소리를 내며 내 귀에 속삭였다.

"그놈은 이 집에서 기르는 비비야."

나는 로일럿의 애완동물들에 대해 잊고 있었다. 표범도 있을 것이다. 언제 우리 어깨 위에 달라붙을지 모른다. 나는 사지를 부들부들 떨었다. 예정된 침실 안에 들어간 뒤에야 비로소 마음 놓았다.

홈즈가 소리 내지 않고 덧문을 닫은 뒤, 램프를 책상 위로 옮겨 놓더니 온 방안을 살폈다. 모든 게 우리가 보았던 그대로였다. 홈즈는 내게로 조용히 기어와, 내 귀에 속삭였다.

"조금이라도 소리를 내면, 우리 계획은 실패하네."

나는 고개를 끄덕였다.

"환기구멍으로 불빛이 샐지도 모르니까 우리는 불을 끄고 있어야 하네."

나는 또 고개를 끄덕였다.

"잠들지 말아야 해. 자칫 생명이 위험할지 모르네. 필요한 때 곧 쓸 수 있도록 권총을 준비해 두게. 나는 침대 모퉁이에 앉아 있을 테니, 자네는 저 의자에 앉게."

나는 권총을 꺼내 책상 모퉁이에 놓았다.

홈즈는 이미 긴 지팡이를 가지고 왔다. 그것을 침대 위 자기 옆에 놓았다. 그 옆에 성냥갑과 양초를 놓았다. 그러고는 램프를 껐다.

이 무서운 밤중의 일을 내가 어떻게 잊을 수 있겠는 가. 아무 소리도 들을 수 없었다. 숨소리조차 들리지 않았다. 내가 앉은 자리로부터 2, 3피트 앞에 홈즈가 눈을 부릅뜨고 앉아 있는 것을 느낄 뿐이었다. 덧문에 가리워져, 불빛은 한 줄기도 들어오지 않았다. 우리들은 완전한 어둠 속에서 기다리고 있었다.

바깥에서는 유리창 가까이에서 길게 뽑는 고양이 울음 같은 소리가 들렸다. 그것은 표범이 뛰어다니고 있음을 말하는 것이었다.

멀리서 15분마다 울리는 교회의 은은한 종소리도 들렸다. 그 15분이 매우 길게 느껴졌다. 12시가 울리고 이어서 한 시간마다 세 번 울렸다. 그동안 우리는 무슨 일이든 빨리 일어나기를 기다리면서 묵묵히 앉아 있었다.

이때 환기구멍 쪽에서 잠시 불빛이 번쩍였다. 그러나 곧 꺼졌다.

다음으로 기름이 타는 냄새와 불에 단 쇠 냄새가 났다. 옆방에서 누가 갓등을 켰다. 사람이 움직이는 조용한 소리가 들리는가 싶더니, 곧 고요해졌다. 다만 그 냄새만이 더 심해질 뿐이었다.

30분 동안 나는 바짝 긴장해 있었다. 갑자기 다른 소리가 들렸다. 작고 부드러운 소리였다. 마치 주전자에서 수증기가 뿜어 나오는 소리 같았다. 이때 홈즈가 침대에서 벌떡 일어나 성냥불을 켜고는 지팡이로 초인종 줄을 무섭게 후려치는 것이었다.

홈즈가 소리쳤다.

"보았나, 와트슨? 그걸 보았냐고!"

나는 아무것도 보지 못했다. 홈즈가 성냥불을 켤 때 나는 분명 낮고 또렷한 휘파람 소리만 들었다. 그래서 홈즈가 그토록 세게 후려친 것이 무엇이었는지 보지 못했다. 나는 그의 얼굴이 파랗게 질리고 공포와 혐오의 빛으로 가득 차 있는 것을 보았다.

홈즈가 때리기를 멈추고 환기구멍을 바라보았을 때, 갑자기 정적을 깨고 한번도 들은 적 없는 무서운 비명이 터져 나왔다. 그 소리는 점점 커졌다. 고통과 공포와 분노가 뒤섞인 무서운 비명 소리였다. 나중에 안 일이지만, 멀리 떨어진 마을 끝의 목사관까지 이 소리가 들려 잠든 사람을 깨웠다고 한다. 등골이 얼어붙는 느낌으로 홈즈와 내가 서로 얼굴을 쳐다보는 동안 그 비명의 여운도 사라지고 사방이 다시 조용해졌다.

내가 숨을 헐떡이며 물었다.

"대체 어떻게 된 걸까?"

"상황은 끝났네. 가장 좋은 결말이 났네. 권총을 들고 로일럿 박사 방으로 가보세."

그는 램프를 켜들고 앞장서 복도로 나섰다. 그가 문을 두 번 두드렸으나 안에서는 아무 대답도 없었다.

홈즈가 손잡이를 돌리고 들어갔다. 나는 권총을 들고 뒤따랐다.

이상한 광경이 눈앞에 벌어져 있었다. 테이블 위에 갓을 반쯤 젖힌 등이 놓여 있었으며, 거기서 나오는 불빛이 반쯤 열린 금고 속을 비추고 있었다. 테이블 옆 나무 의자에 로일럿 박사가 앉아 있었다. 그는 회색 잠옷을 입고 맨발로 빨간 슬리퍼를 신어, 발뒤꿈치가 드러나 보였다.

그 무릎 위에 우리들이 낮에 본 채찍이 놓여 있었다. 턱을 위로 쳐들고 굳어버린 눈으로 천장 모퉁이를 노려보고 있었다. 이마 언저리에 갈색 무늬의 이상한 누런 끈이 머리를 꼭 동여맨 것같이 감겨 있었다. 머리를 감는 띠 같았다. 우리가 들어갔는데도 로일럿은 몸을 움직이지도 않았다.

"띠야! 얼룩띠!"

홈즈가 중얼거렸다.

나는 한 발자국 내디뎠다. 그 순간 얼룩띠가 움직이더니 로일럿의 머리칼 속에서 징그러운 뱀의 마름모꼴 대가리와 툭 불거진 모가지가 느닷없이 나왔다.

홈즈가 소리쳤다.

"늪에 사는 독사일세. 인도에 있는 가장 무서운 뱀이지. 로일럿은 이놈한테 물린 지 10초 만에 죽었네. 못된 짓은 못된 짓을 한 놈한테로 돌아가거든. 자, 이 뱀을 제 집에 도로 넣어야겠네. 헬런 양을 다른 안전한 곳으로 옮긴 다음, 주 경찰에 이 사실을 알리세."

그는 죽은 사람의 무릎에서 채찍을 얼른 집어 올가미를 뱀 모가지에 걸었다. 그러고는 금고 속으로 던져 넣고 문을 닫아버렸다.

이것이 로일럿 박사의 최후였다. 우리가 공포에 떨고 있는 헬런 양에게 어떻게 이 슬픈 소식을 알려주었으며, 또 그녀를 새벽차로 할로에 있는 이모 집으로 보냈는지, 그리고 박사가 위험한 애완동물을 가지고 놀다가 사고를 일으켰다는 결론에 이르기까지, 당국의 느린 조사방법에 대해 길게 이야기를 늘어놓을 필요까지는 없을 것이다.

　내가 아직 이해하지 못한 두세 가지 점에 대해 홈즈가 돌아오는 기차 안에서 설명해 주었다.

　"나는 처음에 전혀 잘못된 결론을 내버렸네. 불충분한 자료를 가지고 추측하는 것이 얼마나 위험한가를 깨달았지. 집시들이 있었다는 것, 언니가 말한 '얼룩 띠'라는 말은 성냥불 때문에 헛것을 보았다고 말해 주려고 했거든. 이 두 가지 근거만으로도 나를 전혀 엉뚱한 방향으로 이끌어가기에 충분했네. 그러나 방안의 사람한테 위해를 가하기 위해 창이나 문으로는 도저히 들어갈 수 없다는 것이 분명해지자, 나는 곧 그 생각을 고쳐먹었지. 이것만은 자랑할 수 있네. 이미 말한 바와 같이, 내 주의력은 환기구멍과 침대 위로 늘어진 초인종 줄에 집중되었네. 초인종 줄이 가짜라는 것과 침대가 바닥에 고정되어 있는 것을 발견했을 때, 곧 이 줄이 환기구멍을 통해 침대까지 연결되는 통로가 아닌가 하는 의심을 품었지. 그래서 뱀이란 생각이 떠올랐어. 더욱이 박사가 인도에서 동물들을 들여온다는 이야기를 떠올리자, 내 추리가 바른 방향으로 들어섰다는 확신을 갖게 되었다네. 화학적 실험으로도 발견 할 수 없는 독약을 쓴다는 생각은 인도에서 살았던 그로서는 가능한 일이지. 그 독이 급속히 효과를 나타내는 것도 그가 알아낸 거야. 독사가 문 조그만 검은 자국을 찾아내는 일은 예리한 검시관이 아니고는 할 수 없지. 그리고 나는 휘파람에 대해 생각해 보았네. 물론 뱀을 곧 불러들이지 않으면, 피해자의 눈에 들키게 돼. 그래서 그 우유를 사용해서 다시 불러오게끔 훈련시켰겠지. 가장 알맞은 시간을 골라 그 뱀을 환기구멍으로 빠져 들어가게 하면, 줄을 타고 똑바로 기어 내려가 침대에 이르게 되네. 뱀이 방 안의 사람을 반드시 문다고는 할 수 없지. 그렇게 피해자가 1주일쯤은 피할 수는 있으나, 머지않아 물릴 것은 정한 이치가 아닌가. 나는 로일럿의 방으로 들어가기 전에 이미 이런 결론을 내렸었네. 의자를 보았을 때, 그가 환기구멍에 닿기 위해 의자에 때때로 올라섰다는 것을 알아차렸지. 금고가 있고, 우유접시가 있고, 올가미 달린 채찍이 있는 것으로 보아 나머지 의문도 모두 풀렸네. 헬런 양이 들은 쇠붙이 소리는 로일럿이 뱀을 급히 금고 속에 넣고 문을 닫을 때 난 소리일 것일세. 이런 결론을 내리자, 그 증거를 굳히기 위해서 취한 과정은 이미 자네도 다 아는 대로일세. 나는 뱀이 쉭쉭 기어오는 소리를 듣고, 곧 불을 켜서 뱀을 공격했네."

"그래서 뱀이 환기구멍으로 달아났군."

"얻어맞은 뱀이 저쪽 방에 있는 주인한테 달려들게 된 걸세. 내가 스틱으로 두세 번 호되게 친데 뱀이 화가 나서 맞닥뜨린 첫 번째 사람을 물어버린 거야. 이 점으로 보아, 로일럿 박사의 죽음에 대해 나는 간접적인 책임이 있네. 그러나 내 양심이 부담이 될 것 같지는 않구면."

애드가 앨런 포우
모르그 거리의 살인/검은 고양이

작가 애드가 앨런 포우(1809-1849)는 미국에서 출생했다. 미국 작가들 중에서 가장 인기 있는 한 사람이다. 포우는 일찍 부모를 여의고, 버지니아 대와 사관학교를 다녔다. 그러나 도박으로 빚을 져, 퇴학당했다.

깊은 고독에 술과 마약으로 극빈한 방랑생활을 하였다. 한때, 미국에서는 냉대를 받았으나, 유럽에서는 그 진가를 인정받았다.

그의 미학적 이론과 작품은 세기말 문단의 지대한 영향을 끼쳤다. 도스토예프스키는 포우의 '환상적 리얼리즘'에 대해 깊은 감명을 받았다. 그의 작품으로는 <검은 고양이>를 비롯해서, <베레니이스>, <모르그 거리의 살인>, <황금풍뎅이> 등 수 많은 걸작을 남겼다.

모르그 거리의 살인

내가 18××년 봄에서 초여름까지 걸쳐 파리에 있는 동안, 거기서 C. 오거스타 뒤팽이라는 인물과 사귀게 되었다.

뒤팽은 이름난 가문 출신이었으나, 잇단 불운으로 활력을 잃어, 재기한다든가 기울어진 집안을 다시 일으키겠다는 생각은 하지 않았다. 채권자들의 호의로 유산이 아직은 얼마쯤 그의 명의로 남아 있었다. 유산에서 나오는 수입으로 되도록 검소하게 그럭저럭 살고 있었다.

그의 사치품은 오직 책뿐이었다. 파리에서는 책을 쉽게 손에 넣을 수 있었기 때문이다.

이름도 없는 도서관에서 나는 뒤팽과 처음 만났다. 우리 두 사람은 우연히 같은 책을 갖고 있었다. 그것이 인연이 되어, 우리는 자주 만났다.

프랑스인들은 자기 일을 화젯거리로 삼을 때는 아주 솔직한 편이다. 그래서 이야기해 준 그의 집안의 작은 역사에 대해서 나는 깊은 흥미를 가지고 있었다. 또 그의 독서가 광범위한 점에도 감탄했다. 그리고 그의 무한한 상상력과 신선미에, 내 몸에서도 불이 붙는 것 같았다.

그즈음 나는 어떤 물건을 찾기 위해 파리에 있었다. 그러한 나에게는 뒤팽과의 교제가 더할 나위 없이 유익했다. 그러한 느낌을 나는 그에게 솔직하게 털어놓았다.

마음이 통한 우리는 내가 파리에 있는 동안은 결국 둘이서 함께 살자는 데 의견의 일치를 보았다. 주머니 사정은 내가 좀 나아서, 집세와 가구 비용을 내가 부담했다. 파리 교외 생제르맹의 붕괴 직전의 음산해 보이는 저택을 빌렸다.

그 저택에 대해서는 물어보지는 않았지만, 어떤 미신 때문에 오랫동안 비워둔 집이었다. 우리는 이 저택을 환상적이고 우울한 성격에 맞는 스타일로 꾸몄다.

이 집에서의 일상생활이 세상에 알려졌다면, 우리는 틀림없이 정신이상자로 여겨졌을 것이다.

우리는 세상과 완전히 단절하고 살았다. 외부 사람은 전혀 드나들지 못하게 했다. 내 친구들에게도 이 비밀스런 소재에 대해 알려주지 않았다. 뒤팽은 파리와 소식을 끊은 지 이미 오래였다. 그렇게 우리는 둘만의 세계에 묻혀 살았다.

밤에 매혹되는 것은 뒤팽의 변덕스러운 공상 벽이었다. 나는 차츰 이 '변덕'에 전염이 되어, 마침내 나 자신이 그의 이 변덕에 완전한 포로가 되었다.

밤의 여신이 늘 지켜주기를 바랄 수는 없었지만, 그 존재를 변조할 수는 있었다. 첫새벽 동이 트는 즉시, 우리는 이 낡은 건물의 육중한 덧문을 모두 내리고 촛불 두 개를 켰다. 이 촛불은 진한 향기를 띠고 있었으며, 아주 희미한 태양 광선마저도 차단해 버렸다.

이러한 분위기에서 독서하고 글 쓰고 이야기를 나누는 등 바쁘게 지내다보면, 시계 종소리만이 진짜 밤이 찾아왔음을 알렸다.

그러면 우리는 서로의 팔을 끼고 거리로 뛰어나가, 낮에 나눴던 이야기를 계속했다. 한밤중에 아주 멀리까지 걸어간다. 이 대도시의 요사스러운 빛과 그림자가 엇갈리는 곳을 찾아, 거기서 무한한 마음의 교양을 얻는 것이었다.

그때마다 나는 뒤팽의 특이한 분석 능력을 새삼 느끼고 감탄했다. 그는 이러한 능력을 발휘하는 일에 기쁨을 느끼는 것 같았으며, 그 기분을 거침없이 이야기 했다.

그는 웃으며, 자기가 관찰한 사람들이 거의 가슴에 문을 닫고 있는 것과 같다고 했다. 그러고는 내 마음 속을 훤히 꿰뚫어보고 있음을 나타내는 구체적인 증거를 들어 자신의 주장을 증명해 보였다.

그럴 때 그의 태도는 아주 냉담했으며, 마치 신들린 듯이 보이기도 했다. 만일 말하는 태도가 부드럽지 않고 말의 매듭이 분명하지 않다면, 히스테리를 일으키고 있는 것처럼 보였을 것이다.

그를 바라보고 있으면, 나는 곧잘 고대 철학의 '이중 영혼설'이 생각났다. 창조적인 것과 분석적인 두 사람의 뒤팽을 상상하며, 혼자 야릇한 공상에 빠지곤 했다.

미리 말해 둘 것은 이런 이야기를 한다고 해서, 내가 지금 어떤 괴담이나 공상소설을 이야기하려는 것이 아니라는 점이다. 내가 이 프랑스인에 대해 서술한 것은 병들었을 지도 모를 지성의 결과라는 것이다. 그가 어떤 말을 했는가 하는 것은 예를 들어 설명하는 게 가장 쉬운 방법일 것이다.

어느 날 밤, 우리는 팔레 로와이얄 주변의 지저분한 길을 걷고 있었다. 둘 다 깊은 생각에 잠겨, 적어도 15

분 동안은 서로 입을 굳게 다물고 있었다.

갑자기 뒤팽이 입을 열었다.

"과연 그는 키가 너무 작아. 만담이나 하면 알맞겠군."

"그렇겠군."

나도 모르게 대답했으나, 그가 내 생각에 파장을 맞춰 왔다는 사실을 미처 눈치 채지 못했다. 그러나 문득 제 정신으로 돌아온 나는 깜짝 놀랐다.

"뒤팽, 이건 뜻밖이로군. 내 귀를 의심해야 되겠어. 어떻게 그것을 알 수 있었나? 내가 생각하고 있던 것을 말이야."

여기서 나는 말을 끊었다. 내가 누구를 생각하고 있었는지, 그걸 그가 정말로 알고 있었는지 확인하고 싶었던 것이다.

그러자 그가 천천히 입을 열었다.

"샹틸리 일이지. 왜 말을 끊었나? 저렇게 키가 작아서는 비극에는 맞지 않는다고 말하고 있지 않았는가."

그야말로 틀림없이 내가 생각하고 있던 것이었다. 샹틸리는 생드니 거리의 구두 수선공이었다. 연극에 아주 열중하여 크레비용의 비극 《크세르크세스》의 주역을 맡겠다고 자청했다가 망신만 당했다.

"말해 주게. 내가 무슨 생각을 하고 있었는지. 자네는 귀신같이 알아차렸어. 그 방법이 뭔가?"

사실 나는 너무 놀라, 그 일에 대해 정직하게 고백할 마음이 생기지 않았다.

"그 과일장수 때문이지. 그 사람을 보는 순간, 자네는 쉽게 결론에 다다른 거야. 그 구두 수선공이 '크세르크세스'나 그 밖의 비슷한 종류의 역할에는 키가 모자란다고 생각한 거야."

"방금 과일장수라고 했나? 과일 장수라곤 아는 사람이 하나도 없는데."

"조금 전 자네와 부딪힌 사내 말일세. 15분쯤 전 일이지."

그러고 보니 사과 광주리를 머리에 인 과일장수가 내게 부딪혀, 내가 넘어질 뻔했던 것은 사실이었다. 그것은 C거리에서 이 거리로 돌아오려던 때 일어난 일이었다. 그러나 이것이 샹틸리와 어떻게 결부되는지 나로선 전혀 짐작할 수가 없었다.

뒤팽에게는 사람을 속이는 기색이 털끝만큼도 없어 보였다.

"그럼, 설명하지. 이해하기 쉽도록. 우선 내가 자네에게 말을 건 시점에서 자네 생각을 거꾸로 더듬어 보기로 하세. 대충 말해서, 자네 생각의 줄거리는 이렇게 되네. 샹틸리, 오리온 성좌, 니콜스 박사, 에프쿠로스, 스테레오토미 도로의 포석, 과일장수… 이런 식으로 말일세."

인생의 어느 시점에, 문득 자신의 생각이 어떻게 거기에 이르게 되었는지를 반추하는 것에 흥미를 갖지 않은 사람은 없을 것이다. 그러한 작업에는 이따금 흥미가 따르게 마련이다. 이러한 작업을 처음 시도해 보는 사람은 그 출발점과 종착점 사이에 생기는 거리와 그 모순에 놀랄 수밖에 없다. 그러므로 뒤팽의 그 정확성을 인정하지 않을 수 없다. 그 상황에서 내가 얼마나 놀랐는지는 쉽게 상상할 수 있을 것이다.

"내 기억이 틀림없다면 C거리를 지나기 바로 전, 우리는 말 [馬] 이야기를 하고 있었지. 그것이 우리의 마지막 화제였네. 이 거리로 들어섰을 때 과일장수가 우리 옆을 스쳐갔지. 그 순간 자네는 포장용 돌무더기 위로 쓰러질 뻔했어. 보도가 수리 중이고, 거리에 돌이 쌓여 있었기 때문이지. 자네는 그 돌 하나에 발이 걸려, 미끄러지면서 발목을 약간 삐었지. 자네는 돌무더기에 눈길을 보내고는 다시 걷기 시작했지. 나는 자네의 움직임 하나하나에 주의하고 있었던 건 아닐세. 하지만 자네는 눈을 내리깐 채 걸었어. 수레바퀴 자국을 언짢은 듯 흘겨보고 있었는데, 그것을 보고 자네가 아직도 돌에 대해 생각하고 있다는 걸 알았지. 우리는 마침내 라마르틴이라는 작은 거리로 나섰네. 그 길은 시험적으로 고정시키는 포장 방식을 쓰고 있었어. 거기에 오자, 자네 얼굴이 갑자기 밝아졌네. 입술도 움직였어. '스테레오토미'라는 말을 중얼거렸다는 걸 알았지. 이러한 도로 포장법에 대해 사람들이 기꺼이 붙이는 이름이니까. 자네가 스테레오토미 라고 중얼거리고 나면, 더 나아가 그리스 사람 에피쿠로스의 학설을 떠올리지 않을 수 없으리라 믿었지. 얼마 전 자네와 에피쿠로스 학설을 논의 할 때, 나는 그의 막연한 추측이 최근의 성운 우주 창조설에 의해 확인되었어. 그런데도 사람들의 주의를 거의 끌지 못했다고 말한 적이 있었잖아. 그래서 나는 자네가 오리온 성좌의 그 대성운에 시선을 돌리지 않을 수 없으리라고 생각했거든. 틀림없이 그러리라고 기대하고 있었다네. 아니나 다를까, 자네는 하늘을 쳐다봤어네. 그래서 나는 확신을 얻었지. 자네 사고의 궤적을 정확히 더듬어 왔다는 것에 말일세. 어제 「뮈세」 신문에 실렸던 구두수선공 샹틸리를 무자비하게 비판한 기사에서, 그 풍자가는 구두 수선공이 비극을 한다고 이름을 바꾼 사실을 조롱했어. 우리가 곧잘 화제에 올렸던 그 라틴어 시구 '첫 음절은 옛 소리를 잃었도다'를 인용하고 있었지. 내가 말한 적이 있었는데, 이건 옛 오리온이 오리온으로 된 것에 관련된 문구일세. 그 설명을 했을 때 나는 꽤 기발한 말을 했으므로, 자네가 기억하리라 생각했지. 따라서 자네가 오리온과 샹틸리를 결부시키리라는 건 분명했지. 사실 자네가 그 두 가지를 결부시켰다는 확신은 자네 입술에 문득 실린 미소를 보고 알았어.

자네는 구두 수선공이 망신당한 일을 생각했네. 그때까지 자네는 어깨를 움츠리고 걷고 있었는데, 갑자기 허리를 펴더군. 그래서 자네가 샹틸리의 작은 키를 생각하고 있었던 게 분명해졌지. 내가 자네의 사색에 끼어들어, 과연 그는 키가 작아 만담이나 하면 알맞겠다고 말한 건 바로 그때였지."

이런 일이 있은 뒤 얼마 안 되어「가제트 데 트리뷔노」의 저녁 신문을 펼치자, 다음과 같은 기사가 눈길을 끌었다.

기괴한 살인사건 ― 오늘 새벽 3시쯤 생로스 구 사람들은 소름끼치는 비명소리에 잠이 깨었다. 비명은 모르그 거리의 레스파네 부인과 딸 카미유 레스파네 양이 사는 건물의 4층에서 터진 게 분명했다. 여남은 명의 이웃이 경관과 함께 달려와, 건물 안으로 들어가려 했다.

그러나 문이 열리지 않았다. 시간이 흘러 겨우 쇠지레로 문고리를 비틀어 안으로 들어갔다.

그 무렵에는 비명이 멈춰 있었다. 그러나 그들이 1층에서 2층으로 뛰어올라가고 있을 때, 다투는 듯한 거친 목소리가 두세 번 똑똑히 들렸다. 그것은 건물의 3, 4층 부근이었다.

2층 계단에 이르렀을 때에는 다투는 소리도 그쳐, 사방이 아주 고요했다. 그들은 나뉘어져서 각 방을 조사했다. 4층 뒤쪽의 커다란 방에 들어가 보니 차마 눈뜨고 볼 수 없는 처참한 광경이 벌어져 있었다. 사람들을 몸서리치게 했다.

방 안은 난잡하기 그지없었다. 가구가 부서져 사방으로 파편이 흩어져 있었다. 하나밖에 없는 침대에서는 침구가 떨어져 바닥 한가운데 내동댕이쳐져 있었다. 의자 위에는 피 묻은 면도칼 하나와 난로 위에는 긴 잿빛 사람 머리칼 뭉치가 놓여 있었다. 이것도 머리에서 뿌리째 뽑힌 것 같았다.

나폴레옹 금화 네 개, 토파즈 귀고리 한 개, 은 스푼 세 개, 작은 양은 스푼 세 개, 금화 4천 프랑쯤이 든 주머니 두 개가 바닥에 흩어져 있었다. 장롱 서랍도 마구 흐트러진 채 열려 있었으나, 안의 물건이 없어진 것 같지는 않았다.

뚜껑이 열린 소형 철제 금고가 침구 밑에서 열쇠가 꽂힌 채 있었다. 금고 속에 몇 개의 낡은 편지와 그리 중요해 보이지 않는 서류가 흩어져 있었다.

레스파네 부인의 모습은 보이지 않았다. 그러나 난로에 꽤 많은 양의 검댕이가 쌓여 있었다. 굴뚝을 살펴본 결과, 머리를 밑으로 한 딸의 시체가 매달린 것처럼 있었다. 이런 꼴로 좁은 굴뚝에다 억지로 밀어 넣어진 것 같았다.

몸에는 아직 온기가 남아 있었다. 여기저기 찰과상이 보였다. 아마 밀어 올려질 때 생긴 것 같았다. 얼굴도 심하게 긁혀 상처투성이였다. 목에는 시커먼 타박상과 깊은 손톱자국이 있어, 목 졸려 죽은 것으로 짐작되었다.

집 안을 샅샅이 뒤졌으나 그 이상은 발견되지 않았다. 경찰 일행이 뒤쪽의 뜰로 나가니, 거기에 레스파네 부인의 시체가 있었다. 목이 심하게 찢겨져, 들어 올리려는 순간 머리가 굴러 떨어졌다. 몸이 무참히 찢겨져 있었다. 특히 몸의 상태는 거의 본래의 모습을 알아볼 수 없을 정도였다.

지금까지의 경위로 볼 때, 이 괴이한 사건을 해결할 단서가 하나도 발견되지 않은 모양이었다.

이튿날 아침 신문에 다음과 같이 자세히 보도되었다.

모르그 거리의 참극.

이 괴이하고도 끔찍한 사건으로 여러 참고인이 조사를 받았으나, 사건 해결의 단서는 아무것도 발견된 것이 없었다. 다음은 주요 증언들이다.

세탁부 폴린 뒤부르 여인의 증언

증인은 피해자 두 사람과 여러 해 동안 알고 지내왔다. 그들의 세탁물을 도맡고 있었기 때문이다. 노부인과 딸 사이는 좋았으며, 서로 위로하며 지냈다. 세탁 비는 제 날짜에 지불되었다.

살림살이나 수입에 대해서는 아는 바가 없었다. 생계에 보태기 위해, 부인이 점을 치고 있었다고 생각한다. 돈을 모으고 있다는 소문도 있었다. 세탁물을 가져갈 때, 집 안에서 다른 사람을 본 일은 없다. 가정부를 고용한 흔적도 없다. 4층 말고는 아무 데도 살림살이나 가구 등이 없는 것 같았다.

담배 가게 피에르 모로의 증언

증인은 4년 동안 담배와 코담배를 레스파네 부인에게

팔아왔다. 모르그 부근 태생으로, 줄곧 여기에서 살고 있었다. 노부인과 딸은 시체가 발견된 집에서 6년 넘게 살고 있었다. 그 전에는 보석상이 살았는데, 그는 위층 방들을 여러 사람들에게 세를 주었다.

이 건물 주인은 레스파네 부인이다. 그녀는 세든 사람이 자기 건물을 험하게 쓰는 게 못마땅하여, 자신이 직접 들어온 뒤 아무에게도 세를 놓지 않았다. 노부인은 순진하지만 깐깐한 데가 있었다.

증인이 딸을 만난 것은 대여섯 번 정도였다. 두 사람은 세상과 단절한 채 살고 있었다. 부자라는 소문이 있었다. 부인이 점을 친다는 소문을 들은 적이 있지만, 증인은 그렇게 생각하지 않는다. 노부인과 딸 말고 운송업자가 한두 번, 의사가 열 번 정도 그 집으로 들어가는 것을 보았을 뿐이다.

그 밖에 몇몇 이웃이 비슷한 내용으로 증언했다. 그러나 이 집에 자주 드나들었던 사람은 없었다. 레스파네 부인과 가까운 친척이 있는지도 잘 모른다.

길 쪽으로 난 창의 덧문이 열려 있는 일은 좀처럼 없었다. 건물 뒤쪽 창은 그 4층 뒤쪽 창을 빼놓고는 늘 닫혀 있었다. 집은 좋은 건물로, 그다지 낡지 않았다.

경관 이시드르 뮈제의 증언

증인은 오전 3시쯤 신고를 받고 사건 현장인 그 집으로 달려갔는데, 2, 30명의 이웃사람들이 건물 입구에 떼지어 들어가려고 했다. 결국 문을 총검으로 비틀어 열었다. 쇠지레가 아니다. 문은 여닫이문이었다. 더욱이 위아래 모두 볼트가 걸려 있지 않았으므로 여는데 그리 힘들지 않았다.

비명은 문이 열릴 때까지 계속되다가 갑자기 그쳤다. 아주 심한 고통을 받고 있는 한 사람 — 또는 그 이상의 사람 — 이 지르는 비명 같았는데, 소리는 길게 꼬리를 물었다. 비명소리가 오래 계속되었다.

증인이 앞장서서 층계를 올라갔다. 첫 층계에 이르렀을 때, 큰 소리로 다투는 듯한 두 사람의 목소리가 들렸다. 하나는 굵고 탁한 목소리, 또 하나는 몹시 날카롭고 기괴한 목소리였다. 굵은 목소리에서 프랑스어를 쓰고 있음을 알았다. 여자 목소리가 아니었던 것은 분명하다.

"어이쿠!", "저런!" 하는 말을 알아들을 수 있었다. 날카로운 목소리는 외국말이었는데, 남자 소리인지 여자 소리인지 분간할 수가 없었다. 내용은 알 수 없었으나 스페인어였다고 생각된다. 방 및 시체의 상황에 대한 본 증인의 진술은 신문에 보도된 바와 같다.

이웃의 은 세공사 앙리 뒤발의 증언

증인은 경찰관 뮈제의 증언을 대강 뒷받침하고 있다. 사람들이 떼 지어 들어가려고 하자 곧 문을 잠갔다. 사람들이 너무 많이 모여들었으므로, 들어오지 못하게 하기 위해서였다.

이 증인의 의견으로는 날카로운 소리는 이탈리아어고, 프랑스어는 아니라고 확신한다. 남자 소리였다고 단정할 수는 없다. 여자 목소리였을지도 모른다. 이탈리아어는 잘 모른다. 말을 알아들을 수는 없었지만, 그 억양으로 미루어 이탈리아인이라고 믿는다.

부인과 그 딸 모두 아는 사이로, 두 사람과 이야기를 나눈 적이 있다. 날카로운 소리가 어느 피해자의 목소리도 아니었다는 것은 확실하다.

요릿집 주인 오덴헤이머의 증언

이 증인은 자진해서 증언하겠다고 나섰다. 프랑스어를 몰라, 통역을 통해 심문이 이루어졌다. 태생은 암스테르담이다. 비명이 날 때, 그 집 부근을 지나가고 있었다. 비명은 10분쯤 이어졌다. 소름끼치는 소리였다.

건물에 들어간 이들 가운데 한 사람이다. 한 가지 점을 빼놓고 지금까지의 증언과 일치한다. 날카로운 소리가 남자 목소리이고, 더구나 프랑스어였다고 확신한 점이 그것이다.

말을 알아들을 수 없었다. 큰 소리로 빨리 하는, 높낮이가 확실하지 않은 소리였다. 화를 내고는 있지만 몹시 겁먹은 듯한 음성법이었다. 소리는 날카롭다기보다 귀에 거슬리는 소리였다는 편이 더 정확하다. 굵은 목소리는 "어이쿠!"라는 말과 "저런!"이라는 말을 여러 번 하고 "지독한 놈!"이라고 한 번 말했다.

드롤렌 거리의 미뇨 부자 은행(父子銀行) 총재 쥘레 미뇨의 증언

마담 레스파네에게는 재산이 좀 있는 편이었다. 그녀는 이 은행과 8년 전 봄부터 거래했고, 그 이후도 가끔 예금을 했다.

예금 인출이 전혀 없다가, 죽기 사흘 전 처음으로 그녀가 직접 와서 4천 프랑을 찾아갔다. 모두 금화로 지불했고, 한 은행직원에게 그 돈을 집까지 가져다주도록 했다.

미뇨 부자 은행의 행원 아돌프 르 봉의 증언

이 날 정오쯤 증인은 4천 프랑이 든 두 개의 주머니

를 들고 레스파네 부인을 따라 그녀 집까지 갔다. 문이 열리고 미스 레스파네가 주머니 하나를 받았고, 노부인이 다른 한 주머니를 받았다. 인사를 하고 그 집을 나왔다. 그때 길에는 사람 그림자가 없었다. 골목이라서 한적했다.

양복점 주인 윌리엄 버드의 증언

집 안으로 들어간 사람들 가운데 한 사람으로 영국인이다. 파리에 산 지 2년밖에 안 된다. 앞서서 경관과 층계를 올라간 한 사람이다.

방 안에서 나는 소리를 들었다. 굵은 목소리는 프랑스인이었다. 몇 가지 말을 알아들을 수 있었으나, 모두 기억나지 않는다. 그러나 "어이쿠!"와 "지독한 놈"은 똑똑히 들었다. 몇 사람이 한데 얽혀 다투는 듯한 소리 같았다. 서로 뜯고 할퀴고 격투하는 것은 같은 소리로 비명 소리는 굵은 목소리보다 훨씬 컸다. 영어가 아닌 것만은 확실하다. 독일어 비슷했다. 여자 소리였는지도 모른다. 독일어는 모른다.

이 증인들 가운데 네 사람이 재차 불려왔다. 증언한 바에 따르면, 그들이 도착했을 때 레스파네 양의 시체가 발견된 방의 문은 안으로 잠겨져 있었다. 어떤 소리도 나지 않았다.

떼 지어 들어갔을 때 인기척은 없었다. 창은 뒤쪽과 앞쪽이 모두 닫혀져 안으로 굳게 잠겨 있었다. 두 개의 방을 잇는 문 하나는 잠겼으나 자물쇠는 걸려 있지 않았다. 앞쪽 방에서 복도로 통하는 문에는 자물쇠가 걸려 있었으나, 열쇠가 안으로 꽂혀 있었다.

4층 복도의 막다른 방의 문은 활짝 열려 있었다. 이 방에는 낡은 침대와 상자 등이 쌓여 있었다. 이 물건들도 남김없이 수사했다. 신중하게 조사되지 않은 곳은 한 곳도 없었다.

굴뚝 속은 굴뚝 청소용 솔인 '스위프'를 통해 살펴보았다. 이 집은 4층 건물로, 다락방이 붙어 있었다. 지붕으로 통하는 뚜껑문은 단단하게 못이 박혀 있었다. 몇 년 동안 열렸던 흔적은 보이지 않았다.

다투는 소리를 듣고, 방문을 비틀어 열기까지 걸린 시간에 대한 증인들의 진술은 저마다 조금씩 차이가 있었다. 어떤 사람은 3분, 어떤 사람은 5분이라고 했다. 문은 좀처럼 열리지 않았다.

장의사 알폰소 가르시오의 증언

스페인 태생이고, 집 안으로 들어간 이들 가운데 한 사람이다. 그러나 2층에는 올라가지 않았다. 매우 신경질적인 성격이라, 흥분하면 건강에 좋지 않으리라 생각했기 때문이다.

다투는 소리는 들었다. 굵은 목소리는 프랑스인의 소리 같았지만, 무슨 말인지는 알아듣지 못했다. 날카로운 소리가 영국인의 목소리라는 것만은 확신한다. 영어는 모르지만, 억양으로 그렇게 판단했다.

과자집 주인 알베르토 몬타니의 증언

앞장서서 층계를 올라간 사람 가운데 하나다. 문제의 소리를 들었다. 굵은 목소리는 프랑스인의 소리였고, 몇 마디 말도 알아들을 수 있었다.

날카로운 소리는 빠른 말투로 높낮이가 심해서 말뜻이 불분명했다. 러시아어같이 느껴졌다. 대개의 줄거리는 다른 증언과 같다. 증인은 이탈리아인이나 러시아인과 이야기한 적이 없다.

증인 몇 명이 다시 호출되었다. 증언한 바에 따르면, 굴뚝은 사람이 전혀 들어갈 수 없을 만큼 좁다고 한다. 위에 적은 '스위프'란 원통 모양의 청소용 솔을 말하며,

이것으로 집 안의 모든 굴뚝을 쑤셔 보았다.

그들이 층계를 올라가는 동안, 층계 밑으로 내려갈 만한 다른 길은 없다. 레스파네 양의 시체는 굴뚝에 쑥 박혀 있어, 그들 가운데 서너 명이 힘을 합하여 끌어내야 했다.

의사 폴 뒤마의 증언

새벽녘에 검시하러 사건 현장으로 불려갔다. 두 시체는 레스파네 양의 시체가 발견된 방 침대 매트리스 위에 안치되어 있었다.

레스파네 양의 시체에는 심한 타박상과 찰과상이 있었다. 굴뚝에 쑤셔 박혔다는 사실을 충분히 뒷받침해 준다. 목은 처참하게 벗겨져 있었다. 턱 바로 밑에 깊게 긁힌 상처가 몇 군데 있었다. 또 납빛 얼룩도 여러 개 발견되었다. 분명 손가락에 눌려서 생긴 것으로 여겨진다. 얼굴의 변색이 뚜렷하고 눈알이 튀어나와 있었다. 혀의 일부가 이에 물려 잘려져 있었다. 명치의 타박상은 무릎에 눌려 생긴 것으로 여겨진다. 뒤마 씨의 견해로는, 레스파네 양은 여러 사람에 의해 목 졸려 죽었을 것이라고 증언했다.

어머니 시체는 처참히 난도질되어 있었다. 오른쪽 다

리와 오른팔 뼈가 여러 군데 심하게 손상을 입고 있었다. 왼쪽 늑골 모두와 왼쪽 정강이뼈는 바스러져 있었다.

가해 방법은 단정할 수가 없다. 무거운 곤봉이나 철봉 아니면 어떤 큰 둔기일 것 같다. 매우 힘센 사나이에 의해 휘둘러졌을 때 이런 결과가 생길 가능성이 있다. 여성은 어떠한 흉기로도 이러한 타격을 가하는 것은 불가능하다.

피해자의 머리 부분은 증인이 검시했을 때 완전히 몸에서 떨어져나가고, 몹시 손상되어 있었다. 목은 분명 날카로운 것으로 잘려졌고, 그것은 아마 면도칼로 추정된다.

외과의 알렉산드르 에티엔이 불려와, 뒤마 씨와 함께 검시했다. 뒤마 씨와 견해가 일치했다.

그 밖의 여러 사람을 심문했으나, 새로운 사실은 없었다. 이런 수수께끼 같은 살인사건은 파리에서 일찍이 없었던 일이었다.

이런 종류의 사건으로서는 희귀한 일이긴 하지만, 경찰도 완전히 손을 든 것 같았다. 단 한 개의 단서도 발견되지 않고 있다.

이 저녁신문의 보도에 의하면 생로스 거리는 아직도 떠들썩하고, 문제의 저택이 재수사되었다. 새로운 증인이 불려왔으나 새로운 증언은 없었다고 한다. 새로운 뉴스가 있다면, 은행원 아돌프 르 봉이 체포되었다는 사실이다. 이미 보도한 사실 말고는, 그를 확실한 범인으로 단정할 수가 없는 것 같은데도 그를 체포했다.

뒤팽은 이 사건의 경위에 큰 관심을 가지고 있는 것 같았다. 이 사건에 대해 입을 다물고 있었으므로, 그의 태도로 보아 그렇다는 것이다. 르 봉 체포 발표가 있은 다음, 이번 사건에 대해 나에게 의견을 물었다.

이 사건을 불가사의하다는 점에서는 나도 모든 파리 시민과 같은 의견이었다. 범인을 가려낼 방법이 내게 있을 리 없었다.

뒤팽이 말했다.

"이런 외면적인 수사만으로 사건을 해결할 수 있겠나. 파리 경찰은 잔꾀만 있을 뿐이야. 그들의 수사 절차에는 과학적인 방법이라는 게 없어. 임기응변일 뿐이지. 그들이 여러 가지 수사 방법을 가지고 있지만, 그 방법이란 사건의 본질과 너무 거리가 멀어. 이번 살인사건을 우리 둘이서 해결해 보지 않겠나. 견해를 정리하는 것은 그 뒤에도 늦지 않아. 조사한다는 것은 즐거운 일이거든."

끔찍한 살인사건을 놓고 즐겁다는 말을 이럴 때 쓰는 것은 이상했지만, 나는 그냥 가만히 있었다.

"더구나 은행원 르 봉에게 신세진 일이며, 은혜를 입은 일도 있지. 한 번 나가서 그 집을 확인하고 오지 않겠나? 경찰국장 G와 아는 사이니, 허가를 쉽게 얻을 수 있을 걸세."

경찰의 허가를 얻어 우리는 곧 모르그 거리로 갔다. 그것은 리슐리의 거리와 생로스 거리 사이에 있는 낙후된 거리였다. 우리가 사는 곳에서 꽤 떨어져 있어, 그곳에 도착했을 때는 오후가 훨씬 지난 시각이었다.

문제의 집은 바로 찾았다. 아직도 많은 사람들이 길 반대쪽에서 그 집을 바라보고 있었다. 파리 어디에나 있는 흔한 집이었다. 현관이 있고, 그 한쪽에 유리창 달린 방이 있으며, 창에는 여닫이문이 있어, 그것이 문지기방임을 알아차릴 수 있었다.

집 안으로 들어가기 전에, 우리는 길을 곧장 걸어가 샛길을 두 번 돌아 건물 뒤로 갔다. 그 동안 뒤팽은 그 집뿐만 아니라 주변에도 열심히 살폈다. 나로서는 그가 무엇을 보고 있는지 짐작할 수가 없었다.

우리는 다시 건물 앞으로 되돌아와, 초인종을 누르고

현장을 지키고 있는 형사에게 허가증을 보였다. 층계를 올라가 레스파네 양의 시체가 처음 발견된 방으로 들어갔다. 두 시체가 아직 그대로 놓여 있었다. 방 안의 어지러운 상태도 그대로 보존되어 있었다.

나는 「가제트 트리뷔노」지가 보도한 것 이상은 발견할 수가 없었다. 뒤팽은 모든 것을 자세히 살펴보았다. 피해자의 시체도 예외가 아니었다.

우리는 다른 쪽의 뜰로 나가 보았다. 그 동안, 두 경관이 줄곧 따라다녔다. 우리는 어두워질 때까지 조사하고는 그 집에서 나왔다. 돌아오는 길에 뒤팽은 어느 일간 신문사에 잠깐 들렀다.

전에도 언급했듯이 뒤팽의 변덕을 보통의 수단으로는 다룰 수 없으며, 그야말로 짐작조차 할 수가 없었다. 왠지 그는 이번 살인사건에 대해 침묵하는 태도로 일관했다.

그가 갑자기 입을 열어, 현장에서 특이한 것을 발견하지 못했느냐고 내게 물었다. '특이한' 이라는 말을 강조할 때의 그의 말투에 무엇인가 의심쩍어, 순간 나는 전율을 느꼈다.

"특이한 것이라곤 아무것도 보지 못했네. 적어도 그 신문에 보도된 것 이상의 것은 보지 못했어."

"「가제트」 신문은 사건이 괴상하게 무섭다는 점은 언급하지 않은 것 같아. 하지만 신문의 태평스러운 의견 따위는 무시해도 좋네. 내가 보기에, 이 사건을 해결 불가능한 것으로 판단하는 바로 그 점이 실은 이 사건의 해결을 쉽게 만드는 이유가 될 것 같네. 그 이유란 사건 외관상의 특징을 뜻하는 거지. 경찰이 단서를 잡지 못하고 있는 것은 살인 그 자체의 동기가 아니라, 그토록 끔찍하게 죽이지 않으면 안 될 동기가 반드시 있다는 점에 있네.

그들이 갈팡질팡하는 또 한 가지 점은 다투는 소리를 들었다는 것과, 2층 방에는 살해된 레스파네 양 말고는 아무도 없었으며, 층계를 올라가는 사람들 모르게 달아날 방법이 없다는 것, 이 두 가지 사실이 일치하지 않는 데 있네. 방이 심하게 어지러워져 있고, 시체가 거꾸로 굴뚝에 처박혀 있었으며, 노부인의 몸이 난도질되어 있던 점들이지. 내가 방금 예로 든 점들과 새삼 말할 필요도 없는 그 밖의 점들과 결합되면, 경찰의 힘도 마비되고 손을 들 수밖에 없겠지.

그 사람들은 이상하다는 것과 난해하다는 것을 혼동하는 실수를 저지르고 있는 걸세. 그러나 이성이 진리를 찾아 바른 길로 전진하려면, 이러한 범상한 차원에서 벗어나야겠지.

이제 우리가 추구해 나가는 데에 있어서는 '무엇이 일어났느냐' 보다 '지금까지 한번도 발생한 적 없는 어떤 일이 일어났느냐'를 문제 삼아야 하네. 나는 곧 이 사건을 해결할 것이네. 아니, 실은 이미 해결한 거나 마찬가지야. 그것은 경찰의 눈에 비친 해결 불가능한 것에 정비례한다네."

나는 어리둥절하여 말없이 그를 바라보고 있었다. 그가 방문 쪽으로 눈길을 돌렸다.

"나는 지금 누구를 기다리고 있어. 그 사람이 살해의 장본인은 아니지만 어느 정도 관계있는 사나이라네. 이 범행에서 최악의 부분에는 그는 아마 끼어들지 않았을걸세. 이 가정이 맞는다면 다행이지. 이 가정 아래, 의문을 풀려는 게 내 의도니까. 그 사나이가 여기로 곧 올걸세. 하기야 오지 않을 수도 있지만, 틀림없이 올 거야. 만일 그가 오면 잡아 둘 필요가 있어. 여기 피스톨이 있네. 이걸 사용해야 할 일이 있을 때 어떻게 써야 하는지는 말하지 않아도 알겠지?"

나는 내가 무엇을 하고 또 무슨 말을 들었는지, 거의 판단할 수 없는 멍한 태도로 권총을 받아들었다. 뒤팽은 그 동안에도 혼잣말로 계속 중얼거렸다. 이럴 때 그가 신들린 사람처럼 된다는 것은 이미 말했다. 그의 이야기는 나를 상대로 하는 것이었다. 그리고 그 목소리 또한 결코 크지는 않았지만, 마치 먼 곳의 사람에게 이야기하는 듯한 억양을 띠었다. 그는 무표정으로 오직 벽만 바라보았다.

"층계에서 사람들이 들었다는 그 다투던 소리가 피해자들의 목소리가 아니었다는 것은 증언으로 완전히 입증되었지. 그러면 그 노부인이 딸을 죽이고 나서 자살한 게 아닌가 하는 의혹은 전혀 고려하지 않았네. 왜냐하면, 사고하는 방식의 순서를 명백히 해 두고 싶어서 그래.

어쨌든 레스파네 부인의 힘으로는 딸의 시체를 굴뚝에 거꾸로 쑤셔 넣는 일은 불가능할 것이네. 또 그녀 자신의 몸의 상처로 봐도, 자살 가능성은 거의 없어. 결국 범행은 제삼자에 의해 저질러진 게 되며, 다투던 소리가 그 제삼자의 소리였다는 결과가 되지.

그럼, 여기서 잠깐 생각을 해보세. 그 증언에 나타난 '특이한' 점으로 말일세. 그 증언에서 어떤 특이한 점을 발견하지 못했나?"

굵고 탁한 목소리는 프랑스인이라는 점에는 의견이 일치되는데, 귀에 거슬리는 거친 소리라고 한 목소리에 대해서는 의견이 저마다 달랐다는 점을 나는 지적했다.

"그것은 그 증언의 특이성은 아닐세. 자네는 아무것도 특별한 것을 발견하지 못한 듯한데, 실은 찾아낼 만한 일이 있었다네. 굵은 목소리에 대한 증인들의 의견이 일치된 건 자네가 지적한 대로 일세. 이 점에서는 만장일치였지.

문제는 날카로운 소리에 있어. 여기서 특이한 점은 견해의 불일치가 아니네. 이탈리아인, 영국인, 스페인인, 네덜란드인, 프랑스인 등 저마다 그 목소리에 대해서 설명하면서 '외국인'의 소리라고 말하고 있는 점이네. 모두들 자기 나라 사람 소리는 아니었다고 잘라 말하고 있어.

그것을 자기가 알아들을 수 있는 나라 사람의 말에 비유하지 않고, 그 반대의 말에 비유하고 있네. 프랑스인은 스페인 말이라고 하면서, 스페인어를 알고 있었더라면 알아들을 수 있었을 거라고 했지. 네덜란드인은 그것을 프랑스 말이라고 주장했는데, 그는 프랑스어를 몰라서 통역을 통해 심문이 행해졌었네.

영국인은 그것이 독일어라고 생각하지만, '독일어를 모른다'고 했어. 스페인 사람은 영국 말이었다고 '확신하는'데, 단지 '억양으로 그렇게 판단했다'는 것뿐이며, 더욱이 '영어를 전혀 모른다'고 했지. 이탈리아 인은 그것이 러시아 말이라고 했으나, '러시아인과 대화한 일이 없다'는 거야.

또 한 사람의 프랑스인은 처음 프랑스인과 달리 그것을 이탈리아 말이라고 했지만, '자신은 이탈리아어를 모르며' 아까의 스페인 사람과 마찬가지로 '억양에서 확신했다'고 했지.

이처럼 가지각색인 증언이 나올 수 있는 소리라면, 실제로는 매우 기묘한 소리였음이 틀림없을 걸세! 유럽 다섯 나라 사람 중 어느 누구도 알아들을 수 없는, 익숙한 말이 하나도 없는 목소리니까!

자네라면 아시아인이나 아프리카인의 목소리였을지 모른다고 말하겠지. 그러나 아시아인도 아프리카인도 파리에는 많네. 그리고 그 추측을 부정할 생각은 없겠지만, 다음 세 가지 점에 자네의 주의를 환기시키고 싶네.

어떤 증인은 그 목소리를 '날카롭다기보다 귀에 거슬리게 거칠다'고 말했어. 다른 두 사람은 '바르고 높낮이가 일정치 않다'고 표현했지. 그리고 모든 증인이 소리조차 분간할 수 없었다고 했네.

자네의 이해력이 어떻게 작용했는지 나로선 알 수 없네. 내가 말할 수 있는 것은 증언의 이 부분, '굵은 목소리'와 '날카로운 목소리'에 관한 부분에서 얻어지는 합리적인 추론이지. 이 추론만 가지고도 앞으로의 조사 과정에서 하나의 의심을 불러일으키기에 충분하다는 것일세.

방금 내가 '합리적인 추론'이라고 했지만, 아무래도 이것만으로는 내 의도를 충분히 전달할 수가 없네. 내가 말하려는 것은 그 추론이 오직 합당하다는 것이네. 다시 말해서, 그 의심이 불가피하게 나온다는 것이지.

그 의심이 무엇이냐에 대해서는 아직 말하지 않겠네. 다만 분명히 해두고 싶은 것은 그 의심이 나에게는 조사 방법에 어떤 확고한 형식이라는 거야.

자, 이제부터 우리 상상의 날개를 그 방으로 옮겨보세. 우선 우리는 무엇부터 찾기로 할까? 범인이 어떻게 탈출했느냐는 거야. 자네나 나나 초자연적인 현상 따위는 믿지 않는다고 말해도 좋아. 레스파네 모녀는 망령에게 살해된 게 아니야. 범행을 저지른 이는 분명히 형체가 있는 존재였고, 달아난 것 또한 마찬가지야.

다행이 이 점에 대해서는 오직 하나의 추리법 밖에 없네. 그 추리법은 우리를 반드시 어떤 확고한 결론으로 안내할 것이네. 먼저 가능한 탈출 방법을 하나하나 검토해 보기로 하지.

사람들이 층계를 오르고 있을 때, 범인이 레스파네 양의 시체가 발견된 방이나, 아니면 옆방에 있었던 게 확실하네. 그렇다면 우리가 찾아야 할 출구는 이 두 방 안에 없다는 것이 되지. 경찰이 바닥, 천장, 벽 등 모든 곳을 다 뜯어봤네. 어떤 비밀 출구도 경찰의 눈을 속일 수는 없었을 거야. 나도 확인해 봤지만 역시 없었네. 두 개의 방에서 복도로 통하는 문은 자물쇠가 꼭 잠겨 있고, 더욱이 열쇠가 안쪽에 꽂혀 있었지.

다음은 굴뚝을 한번 살펴볼까? 굴뚝은 벽난로에서 위쪽 10피트까지는 보통 높이지만, 그 위는 고양이도 큰 놈은 지날 수 없을 정도였네. 따라서 이곳으로 달아날 수 없다는 것은 확실하지.

이제 남은 것은 창문뿐일세. 양쪽 방의 창문으로 달아났다면 길에 있던 군중이 알아차리지 못했을 리가 없잖나. 따라서 범인은 뒤쪽 창으로 나간 게 틀림없어.

이런 뚜렷한 방법으로 결론에 다다른 이상, 있을 수 없는 일이라고 할 수는 없지. 이 결론마저 의심한다면, 추리가로 자처하는 우리가 할 일이 못되네. 우리가 할 일은 이렇게 불가능하게 여겨지는 일이 실은 그와 반대라는 것을 증명하는 일이지.

그 방에는 창문이 두 개 있네. 하나는 가구가 놓여 있지 않으므로 전체가 보이네. 또 하나는 멋없이 크고 높은 침대가 거의 막아버려, 밑의 절반이 침대 머리에 가려져 있어.

첫 번째 창문은 안에서 꼭 잠겨져 있었어. 몇 사람이 힘을 합해 들어 올리려고 했으나 꼼짝도 하지 않았지. 창틀 왼쪽에 송곳으로 낸 커다란 구멍이 있고, 거기에 굉장히 큰 못이 거의 대가리까지 박혀 있었거든. 또 한쪽 창문도 조사해 보니, 같은 모양의 못이 같은 형태로 박혀 있었네. 물론 이것도 들어 올리려 안간힘을 써 보았지만 헛수고였지. 이로써 경찰은 이곳으로 탈출했을 리 없다고 단정해 버린 거야. 따라서 못을 뽑고 창문을 여는 것이 범인으로서는 불가능했을 거라고 생각했던 거지.

나의 조사는 좀 더 면밀했는데, 그것은 지금까지 말해온 대로라는 거야. 즉 불가능하다고 단정하는 일이 실은 그렇지 않다는 것을 증명하는, 바로 그것이 단서임을 알고 있었기 때문이네. 나는 귀납적으로 생각해 나갔네. 범인은 두 창문 가운데 어느 한쪽으로 달아난 게 분명해. 그러나 범인은 안에서 창틀을 고정시킬 수는 없었을 것이네. 경찰은 이런 생각에서 이 부분의 탐색을 중지했네. 분명 창틀은 고정되어 있었어. 그렇다면, 창문에 자동적으로 고정되는 장치가 있어야 해.

나는 전체가 내다보이는 창으로 가서, 힘들여 못을 뽑

아내고 창틀을 들어 올려 봤네. 예상한 대로 내 힘으로는 꿈쩍도 하지 않았지. 그래서 어딘가에 반드시 용수철 장치가 있으리라는 걸 알았던 걸세. 이렇게 내 생각이 정리되고 보니, 못에 대해서는 아직 알 수 없는 데가 있네. 그러나 내 추측 전체가 맞았다는 확신을 얻었네. 잘 찾아보니, 곧 숨겨진 용수철이 눈에 띄었지. 나는 그것을 눌러 보았지만, 그것만으로도 충분했으므로, 창틀을 들어 올리지는 않았네. 나는 못을 원래대로 꽂고 자세히 바라보았지. 이 창문으로 나간 범인은 창문을 다시 닫을 수 있었을 것이며, 용수철도 걸렸을 것이네. 그러나 못을 제자리에 다시 꽂아 넣을 수는 도저히 없었을 걸세.

결론은 확실해졌으며 내 조사 범위는 더욱 좁혀졌네. 범인은 다른 쪽 창문으로 달아난 게 분명해. 그리고 양쪽 창틀의 용수철이 같다면, 그 차이는 못이 걸리는 상태에 있음이 틀림없네. 침대 매트리스에 올라가 그 너머로 두 번째 창문을 자세히 살펴보았네. 널빤지 뒤로 손을 넣어 보니 과연 용수철이 있었네. 눌러 보니 예상대로 옆의 창문과 꼭 같았네. 그래서 못을 조사해 봤지. 단단한 점에서나 거의 대가리까지 푹 꽂혀 있는 점에서는 앞의 못과 다를 것이 없어.

자네는 내가 당황했으리라고 생각하겠지만 자네는 귀

납법의 본질을 오해하고 있는 게 틀림없네. 쇠사슬의 고리는 어디에서도 끊어져 있지 않았네. 비밀을 추구하여 궁극적인 결과에 다다르는 거지. 그리고 그 결과는 '그 못'이었네. 이 못이 모든 점에서 다른 한쪽 창문의 것과 꼭 닮아 있었던 건 사실이야. 그러나 바로 여기서 문제 해결의 단서가 끝났다고 생각했다면, 전혀 아무것도 아니었을 걸세.

이 못에 무언가 잘못이 있는 게 틀림없다고 나는 생각했네. 그래서 못을 쥐고 잡아당겨 보았지. 그러자 대가리에 4분의 1쯤 다리가 달린 못이 빠져나왔네. 나머지 부분은 송곳으로 낸 구멍에 남아 있었고, 못의 다리 부분이 도중에 부러져 있었던 거야. 꽤 오래 전에 부러진 것이었어. 부러진 데가 몹시 녹슬어 있었거든. 아마 쇠망치로 박을 때 부러진 것 같아. 못대가리 일부가 창틀 윗부분에 들어가 있었으니 말일세.

이번에는 못대가리 부분을 원래의 구멍에 가만히 꽂아 보았지. 어떻게 됐겠나. 보기에는 완전한 못처럼 보였어. 부러진 데가 보이지 않으니까. 용수철을 눌러, 창틀을 몇 인치 들어 올려 봤지. 못대가리가 구멍에 박힌 채 창틀과 함께 올라갔네. 그러자 또 완전한 하나의 못으로 보였지. 여기까지의 수수께끼는 풀린 셈이네. 가해

자는 침대 머리 쪽 창문으로 달아난 것일세. 범인이 나
갈 때 창문이 저절로 떨어지면서, 용수철로 고정되었던
것이네. 그런데 경찰은 창문이 용수철로 고정되는 것을
모르고 못으로 고정되는 것인 줄 착각했어.

다음 문제는 내려가는 방법이지. 그 점에 대해서는 자
네와 함께 집 주위를 돌아보는 동안에 만족할 만한 해
답을 얻었네. 문제의 창문에서 5피트 반쯤 떨어진 곳에
피뢰침이 하나 걸려 있었네. 이 피뢰침으로는 창문 안으
로 들어가는 것은 고사하고, 창에 손이 닿는 것도 불가
능했을 걸세. 하지만 나는 4층의 모든 덧문이, 파리의
목수들이 '페라드'라고 부르는 특수한 종류의 것임을 깨
달았네. 요즘은 그것이 드물지만, 리용이나 보르도의 유
서 깊은 저택에서는 흔히 볼 수 있는 것이지. 모양은 여
느 문과 같지만, 아래 절반이 바둑판처럼 격자로 되어
있어, 손으로 붙잡기 쉬운 점이 다르네. 이 덧문들은 폭
이 3피트 반은 되더군. 집 뒤쪽에서 보았을 때, 이 덧문
은 둘 다 반쯤 열려 있었지. 말하자면 벽으로부터 직각
으로 떨어져 있었다는 거야.

경찰도 건물 뒤쪽을 조사했겠지. 하지만 이 페라드의
폭을 정면에서만 봤기 때문에 폭 자체를 그냥 지나쳤든
가, 폭에 대해 충분히 고려하지 않았던 거야. 여기로 달

아나기는 불가능하다고 단정해 버린 거지.

그런데 침대 머리 쪽 페라드를 벽면까지 힘껏 열면 피뢰침까지의 거리가 2피트도 못되는 것을 나는 확인했네. 게다가 또 아주 놀라울 정도의 운동 능력과 용기를 발휘하면, 피뢰침에서 창문으로 침입하는 것도 이러한 방식으로라면 가능하다고 생각했지. 페라드가 완전히 열려 있을 경우 2피트 반만 손을 뻗치면 범인은 격자 부분을 꼭 잡을 수 있었어. 그리고는 발을 벽에 대고 피뢰침 쪽 손을 놓고 재빨리 발을 걸치면, 그 여세로 페라드는 닫히게 돼. 만일 그때 창문이 열려 있다면 몸 전체가 방안으로 뛰어들 수 있다는 계산이 나와.

내가 이 곡예의 필수 조건으로 '아주 놀라울 정도의 운동 능력'이라고 한 말을 특히 기억하기기 바라네. 내 의도는 우선 이런 일이 충분히 가능하다는 점을 자네에게 보여 주는 것이네. 둘째는 — 실은 이것이 가장 중요한데 — 그런 짓을 해치운 거의 초능력인 민첩성을 강조하고 싶어서야.

내가 자네한테 강조할 목적은 방금 말한 그 '아주 놀라울 정도의 운동 능력'과 범인의 국적에 대해 같은 생각을 가진 사람이 없는 것과 그 음성에서 말 같은 소리를 발견할 수 없었던 그 '아주 기괴하게' 그리고 날카롭게 '높낮이가 일정치 않은' 목소리, 이 두 가지를 자네로 하여금 결부시켜 생각하게 하려는 것일세."

나는 이 말을 듣자 뒤팽이 무슨 말을 하려는지 막연하게나마 알았다. 비로소 이해할 수 있는 단계에 다다른 듯싶었다. 그러나 완전히 이해할 수는 없었다.

뒤팽의 이야기는 계속되었다.

"내가 문제를 추리하면서 탈출 방법에서 침입 방법으로 바꾼 의도는 자네도 알겠지. 그것은 두 방법이 결국 같아. 즉 같은 장소에서 행해졌다는 것을 분명히 인식시키려는 데 있었지. 이제 집 안으로 눈을 돌려보세. 여기서 그 상황을 살펴보세. 옷장 서랍에는 많은 옷이 그대로 남아 있었지만 약탈당했다고 했네. 이 결론은 불합리해. 그것은 아주 어리석은 추측에 지나지 않네. 서랍에서 발견된 물건이 원래 거기에 있었던 물건의 전부가 아니라는 확증이라도 있나?

레스파네 모녀는 은둔 생활을 하고 있었네. 사귀는 사람도 없고 외출도 하지 않았으니, 갈아입을 옷도 필요치 않았을 거야. 그 방에서 발견된 물건들은 이런 여인들이 지닐 수 있는 것으로선 가장 좋은 물건들이었을 거야.

그런데 도둑이 왜 좋은 물건을 가져가지 않았을까. 그보다도 왜 4천 프랑의 금화는 안 가져갔을까? 황금을

버리고 갔단 말일세. 은행 총재 미뇨 씨가 말한 금액이 주머니 속에 그대로 든 채 바닥 위에 뒹굴어 있었으니까.

따라서 돈을 집 문 앞에서 직접 전했다는 은행원의 증언 때문에, 경찰에 다시 불려오게 된 그 '동기'라는 그릇된 생각은 자네 머리 속에서 깨끗이 지워버리기 바라네. 돈을 내주고 그것을 받은 사람이 사흘도 못되어 살해되는 우연의 일치는 누구에게나 일어날 수 있어.

만일 금화가 없어졌다면, 살해 동기를 뒷받침하는 게 되었을 걸세. 범행의 동기가 돈이었다고 가정하려면, 이 범인은 돈과 동기를 다 함께 포기해 버릴 만큼 천치였다는 상정도 함께해야 돼.

내가 자네의 주의를 환기시켰던 여러 가지 점 즉, 그 기괴한 목소리, 그 놀라운 민첩성, 그리고 이토록 잔인한 살인사건치고 이상할 만큼 용기가 결여되어 있다는 점들을 상기하면서 범행 그 자체를 살펴보도록 하세.

레스파네 양이 손으로 목 졸려 거꾸로 굴뚝에 처박혀 있었네. 보통 살인범이라면 이런 방법을 쓰지 않지. 적어도 시체를 그렇게 처리하는 일은 없을 걸세. 그 같은 방법에는 인간 행위에 대한 우리 통념과 전혀 맞지 않는 또 다른 무엇이 있다는 것을 자네도 인정할 걸세. 아무리 흉악무도한 인간이라 할지라도 그렇게는 못할 거야. 게다가 여러 사람이 힘을 모아 겨우겨우 내렸을 만큼 좁은 구멍 속으로 시체를 억지로 쑤셔 올렸다면, 그 힘은 상상할 수 없을 만큼의 괴력이 필요해.

이번에는 이 놀라운 괴력이 쓰인 다른 증거를 살펴보세. 벽난로 위에 굵은 잿빛 사람 머리칼 뭉치가 있었네. 몹시 굵은 뭉치였지. 이것은 머리에서 뿌리째 뽑힌 것이었네. 2, 30개의 머리털이라도 한꺼번에 뽑으려면, 얼마만한 힘이 드는지 자네도 상상 할 수 있을 걸세.

문제의 머리털 뭉치를 우리가 함께 보았지. 그 뿌리 끝에는 머리의 살점이 더덕더덕 붙어 있었네. 그것은 단번에 몇 십만 개나 되는 머리털을 잡아 뜯는데 필요한 힘을 분명히 밝혀 주는 증거일세. 노부인의 목은 단순히 뺀 것이 아니라, 머리가 몸통에서 완전히 떨어져 있었네. 그런데 그 흉기는 보통 면도칼에 지나지 않았지. 이 야수적 잔인성을 다시 한 번 유의해 주기 바라네.

레스파네 부인의 시체에 난 타박상에 대해서는 말하지 않겠네. 의사 뒤마 씨와 그의 유능한 조수 에티엔 씨가 둔기에 의한 타박상으로 단정하고 있는데, 거기까지는 두 사람 다 제대로 보았어. 둔기는 분명 뒤뜰에 깔린 돌이었네. 희생자는 침대에서 내려다보이는 창문으로 떨어졌던 걸세. 이러한 추정을 경찰 관계자는 미처 알아차리지 못했네. 그것은 페라드의 넓이에 주의를 돌리지 못했던 것과 같은 이유지. 즉 못으로 고정되어 있으므로, 창문이 열린 적이 있을 거라는 가정에 대해 전혀 생각지도 못할 테니까.

이런 모든 점에 덧붙여 방이 묘하게 흐트러진 점을 올바르게 관찰했다면 이미 우리는 놀라운 민첩성, 초인적인 힘, 야수적인 잔인성, 동기 없는 살육 행위, 소름끼치는 기괴함, 많은 사람들의 귀에 한결같이 의미를 알아들을 수 없었던 목소리, 이 모든 것을 결부시킬 수 있는 단계에 이르는 셈일세. 그럼 어떤 결론이 나올지 이제까지의 내 얘기에서 자네는 어떤 인상을 받았나?"

나는 등골이 오싹해지는 것을 느꼈다.

"그런 짓을 하다니 미친 녀석이로군. 가까운 정신병원에서 도망친 흉악한 놈이 틀림없어."

"어떤 점에서는 자네 생각도 전혀 틀린 것은 아니지. 그러나 미치광이의 목소리란 발작이 일어났을 때도, 그 충계에서 들린 소리와는 전혀 다르네. 미치광이라도 결국 사람의 소리를 내게 되지. 그리고 아무리 미치광이라해도, 지금 내가 쥐고 있는 이런 머리칼을 가진 사람은 없네. 레스파네 부인의 손에 꼭 쥐어져 있던 것을 내가 조금 빼왔는데, 자네 이것을 뭐로 보나?"

나는 몹시 놀라서 물었다.

"뒤팽! 사람털이 아냐."

"물론이지. 하지만 이 점에 대해 결론을 내리기 전에, 이 종이에 베껴 둔 스케치를 좀 보게. 증언에서 레스파네 양의 몸에 난 '검은 타박상과 깊은 손톱자국'이라는 부분이 있었지. 그리고 검시관 뒤마 씨와 외과의사 에티엔 두 사람의 증언에 '분명히 손가락으로 누른 자국으로 여겨지는 납빛 얼룩'이라는 부분이 있었네. 이건 그 부분의 실물 그대로의 스케치일세."

그는 우리 앞 테이블에 종이를 펼치며 계속했다.

"이 스케치를 보면, 꽤 꽉 쥔 것을 알 수 있네. 미끄러진 흔적은 없어. 피해자가 숨이 끊어질 때까지 놓지 않았던 거지. 그러면 시험 삼아 자네 손가락을 하나하나 이 손톱자국 위에 똑바로 대어보게."

나는 해 보았으나 잘 안 되었다.

"어쩌면 이것은 올바른 방법이 아닐지도 모르지. 종이는 평면상에 펼쳐져 있지만, 사람 목은 원통형이니까. 여기 장작이 하나 있네. 굵기도 바로 목만하군. 종이를 이 장작에 감아 다시 한 번 해 보세."

나는 그대로 해 보았으나 아까보다 더 어려웠다.

"이것은 사람 손가락 자국이 아닐세."

"그럼 읽어보게, 프랑스의 유명한 박물학자이고 동물 분류학자인 퀴비에가 쓴 책의 이 부분을."

그 책에는 동인도 제도에 사는 거대한 오랑우탄의 해부학적 모습과 생태에 대한 기록이 있었다. 이 포유류의 거대한 몸집, 놀라운 힘과 운동 능력, 잔인성, 모방력은 누구나 잘 아는 사실이다. 나는 이 무서운 살인 사건을 비로소 이해했다.

"손가락 설명이 이 스케치와 정확하게 일치하는군. 알았어, 오랑우탄 말고는 어떤 동물도 움푹 파인 구멍을 만들 수 없을 걸세. 이 황갈색 털도 퀴비에의 책에 있는 동물의 그것과 아주 비슷하군. 그러나 아직 모르겠네. 말다툼하는 두 소리가 났고, 그 한쪽은 확실히 프랑스인의 목소리였다고 하지 않았는가?"

"그렇지, 자네도 기억하겠지만, 그 소리에 대해서 대화로써 대부분의 증인들이 일치해서 듣고 있는 말이 '지독한 놈!'일세. 꾸짖는 듯 달래는 듯한 말투였다고 증인의 한 사람인 과자점 주인이 말하고 있네. 이것은 그 상황을 정확히 포착한 말일세. 따라서 나는 주로 이 '지독한 놈!'이라는 두 마디에, 수수께끼의 해결에 희망을 걸어 왔지.

한 사람의 프랑스인이 이 살인을 알고 있네. 어쩌면 그는 그 참혹한 행위를 저지르지는 않았을 거야. 오랑우탄은 프랑스인에게서 달아났을 걸세. 사나이는 오랑우탄을 쫓아 그 방까지 갔겠지. 그 소동이 벌어졌으나, 다시 붙잡을 수 없었을 테지. 오랑우탄은 아직 잡히지 않았네.

이런 추측은 이만해 두기로 하세. 그 추측의 기초가 되는 해법의 그림자는 나 자신의 머리로도 감지하기 어려워. 내가 그것을 추측 이상의 것으로 단정할 권리는 없는 거지. 따라서 그것은 단순한 추측으로 우선 접어 두기로 하세. 만일 문제의 프랑스인이 내가 상상하듯 범행 그 자체와는 무관하다면, 내가 어젯밤 돌아오던 길에 「르 몽드」지(해운업계 신문으로 뱃사람이 많이 읽음)에다 실은 이 광고를 보고 찾아올 걸세."

그가 나에게 신문을 넘겨주었다. 그 광고에는 이렇게 씌어 있었다.

포획물 황갈색 보르네오 종 오랑우탄. 이달 ××일 이른 아침 (사건이 있었던 날 아침) 볼로뉴 숲에서 포획했음. 소유주(말타 섬 소속 선박의 선원으로 추정)에게 돌려주겠음.

단 그것이 자기 소유임을 충분히 증명하고, 포획 및

보관에 대한 비용을 조금 지불할 것. 포브르 생제르맹 ××가 ××번지, 3층으로 찾아오기 바람.

"그 사나이가 선원이며 말타 섬의 배 승무원이라는 걸 어떻게 알았나?"

"확실히 알고 있는 것은 아닐세. 하지만 여기 리본조 각을 보게. 그 모양이나 기름이 스며 있는 점이, 아무리 봐도 선원들이 머리를 땋아 묶는 데 쓰는 것 같네. 게다 가 선원이 아니고는 이렇게 매는 방법을 좀처럼 쓰지 않지. 더욱이 말타 섬 특유의 것일세. 리본은 피뢰침 밑 에서 주웠지. 레스파네 모녀의 것이 아닌 건 확실해. 그 리고 이 리본에서 그 프랑스인이 말타 섬의 배 승무원 이라고 추정한 게 실수라고 해도, 광고에 그렇게 써서 안 될 것은 전혀 없네. 비록 추리가 틀렸더라도, 상대는 이쪽이 무슨 사정으로 잘못 알고 있다고 여길 것이네.

하지만 만일 내 추정이 정확하다면 보람은 크지. 그는 살인의 하수인은 아니더라도 사건을 알고는 있을 테니 까. 그러나 광고를 보고도 오랑우탄을 찾으러 오길 주저 할 걸세. 아마 이렇게 생각할 거야.

'나는 죄가 없다. 돈도 없다. 오랑우탄은 꽤 값이 나가 는 동물이라, 내게는 큰 재산이다. 위험하다고 해서 큰 돈을 잃을 수는 없다. 곧 돈을 손에 넣을 수 있는 판인데. 놈은 볼로뉴 숲에서 잡혔어. 그곳은 살인현장에서 꽤 먼 곳이다. 그런 짐승이 했으리라고 생각할 사람은 없다. 경찰도 단념하고 있어. 아무튼 나는 이미 알려져 있는 거야. 광고주는 나를 그 짐승의 소유주라고 지명했다. 광고주가 얼마나 알고 있는지 나로선 알 수 없으나, 내가 소유주로 알려졌는데도 재산을 인수하러 가지 않는다면, 짐승에게 혐의가 있다는 것만이라도 인정하라고 하겠지. 그 짐승도 의심받은 건 나한테도 이로운 일이 아니다. 오랑우탄을 일단 인수하고 사건의 관심이 식어질 때까지 가만히 숨겨 두자'고 말일세."

이때 층계에서 발소리가 났다. 뒤팽이 말했다.

"피스톨을 준비하게. 단 내가 신호할 때까지는 쏘든가 내보이면 안 되네."

현관문이 마침 열려 있었으므로 방문객은 벨을 울리지 않고 들어와 층계를 오르기 시작했다. 그러다 잠시 망설이는 것 같더니 다시 내려가는 소리가 났다. 뒤팽이 성급히 문 쪽으로 가자 다시 올라오는 발소리가 들렸다. 이번에는 멈추지 않고 당당한 걸음걸이로 올라와 우리 방문을 두드렸다.

뒤팽이 쾌활하고 친근감 있게 말했다.

"들어오시오."

한 사나이가 들어왔다. 분명 선원인 듯했다. 키가 크고 단단한 근육의 사나이였다. 무모해 보이는 얼굴이었으나, 전혀 친근감이 없는 것도 아니었다. 볕에 몹시 그을린 얼굴 절반 이상이 구레나룻과 콧수염으로 덮여 있고, 큰 떡갈나무 막대를 쥐고 있었다. 그 밖에는 어떤 무기도 갖고 있는 것 같지 않았다.

그는 무뚝뚝하게 프랑스어로 머리를 숙여 인사했다. 뇌샤텔 사투리가 좀 있었으나, 파리 태생임을 금방 알 수 있었다.

"오랑우탄 때문에 오셨겠지요? 훌륭한 동물을 갖고 계셔서 부러울 정도입니다. 게다가 값이 꽤 나가겠지요? 몇 살쯤 됩니까?"

선원은 겨우 무거운 짐을 벗었다는 듯이 긴 한숨을 쉬고 분명하게 대답했다.

"잘 모르겠지만, 네댓 살 정도겠지요. 그 놈, 여기 있습니까?"

"여기에는 사육할 시설이 없어, 뒤브르 거리의 임대한 우리에 넣어 두었지요. 바로 이 근처입니다. 아침이 되면 인도하겠소. 물론 당신이 소유주라는 증명은 가능하겠지요?"

"물론이지요."

"내놓기 좀 아까운 마음이 드는데."

"사례를 하지 않겠다는 마음은 없습니다. 그 놈을 잡아 주신 보답은 기꺼이 하겠습니다. 부당한 요구만 아니라면."

"정말 훌륭한 생각입니다. 그러면 뭘 받기로 할까요? 응, 그렇지. 이번 살인사건에 대해, 당신이 알고 있는 정보를 모두 받기로 할까요?"

뒤팽은 마지막 말을 아주 낮고 천천히 던졌다. 문 쪽으로 걸어가 자물쇠를 잠그고 열쇠를 주머니에 넣었다. 뿐만 아니라, 피스톨을 꺼내 태연자약하게 테이블 위에 놓았다.

선원의 얼굴이 금세 창백해졌다. 그가 일어서서 막대기를 잡았으나, 이내 의자에 주저앉아 떨기 시작했다. 얼굴이 마치 시체 같았다. 한 마디도 하지 못하는 이 사나이에게 나는 동정의 마음을 누를 수가 없었다.

뒤팽이 다정하게 말했다.

"떨 필요는 없소. 당신한테 해를 끼칠 마음은 털끝만큼도 없으니까. 신사로서, 프랑스인으로서 맹세하지만 그럴 생각은 전혀 없소. 당신이 모르그 거리의 흉악한 범죄 하수인이 아니라는 건 잘 알고 있으니까. 그러나 그 일에 전혀 관계가 없다고는 말하지 않겠지요. 이만큼 말했으니 이제 당신도 알았으리라 생각하오. 이 일에 대해 나는 당신은 도무지 상상도 못할 만큼 정보망을 갖고 있소.

요컨대 사태는 이렇게 되어 있소. 당신의 의도에 의한 것은 하나도 없을 거요. 그러니 감출 이유가 없지 않소. 당신은 알고 있는 것을 모조리 털어놓을 의무가 있소. 그것은 당신의 명예 문제요. 당신이 범인을 지목할 수 있는 입장이라는 죄 때문에, 지금 한 사람의 죄 없는 사나이가 감옥에 갇혀 있소."

뒤팽이 말하는 동안 선원은 마음의 평온을 되찾고 있었다. 그러나 당초의 대담한 태도는 완전히 사라지고 말았다.

잠시 후에 사나이가 말했다.

"이 사건에 대해 내가 알고 있는 것을 모조리 말하겠소. 하지만 내 이야기를 믿지 못할 겁니다. 믿어 주길 바란다면, 내가 어리석겠지요. 하지만 나는 아무 죄도 없습니다. 그러나 그 때문에 죽어도 좋으니, 속 시원히 털어놓겠습니다."

선원의 이야기는 대강 이러했다. 그는 최근 인도네시아를 항해하고 돌아왔다. 그곳에서 사람들과 보르네오에

상륙해 밀림지대까지 탐험에 나섰다. 그는 한 친구와 둘이서 그 오랑우탄을 잡았다. 그런데 친구가 죽었다. 자연히 그 짐승은 그 혼자만의 것이 되었다. 돌아오는 도중 이 짐승이 이따금 흉포성을 발휘해 아주 애먹었다. 이럭저럭 무사히 파리의 집까지 끌고 올 수 있었다. 그는 몰래 오랑우탄을 숨겨두었다. 그놈이 발에 가시가 박혀 생긴 상처가 나을 때까지 기다리기로 하고 결국 팔아치울 작정이었다.

살인사건이 있던 날 새벽, 동료 선원들과 한바탕 마시고 집으로 돌아와 보니, 뜻밖에 그 짐승이 그의 침실에 있었다. 옆의 작은 방에 꼭 가둬 두었는데, 부수고 침실에 들어온 것이다. 면도칼을 손에 쥐고 있었다. 얼굴이 비누 거품투성이였다. 거울 앞에 앉아 수염을 깎으려는 것 같았다. 주인이 그렇게 하는 것을 옆방 열쇠구멍으로 엿보았던 모양이다. 면도칼이 난폭한 동물의 손아귀에 있는 것을 보고, 사나이는 놀라 한동안 어쩔 줄 모르고 있었다. 그러나 이 짐승이 아무리 사납게 날뛰어도 평소 회초리를 쓰면, 온순해졌다. 이번에도 그 방법을 쓰려고 했다. 오랑우탄이 회초리를 보자, 방 안에서 달아나 층계를 뛰어 내려갔다. 마침 열려 있던 한 창문으로 달아나고 말았다.

이 프랑스인은 초조한 마음으로 열심히 뒤쫓았다. 그 짐승은 여전히 면도칼을 손에 들고 있었다. 이따금 멈춰 서서, 주인에게 어서 오라는 듯이 손짓까지 하는 것이었다. 잡힐 듯하면 또 달아났다. 이러한 일이 자꾸만 되풀이되었다. 때는 이미 새벽 3시, 큰길은 고요히 잠들어 있었다. 모르그 거리 뒤쪽 샛길에 접어들었다. 오랑우탄은 레스파네 부인 집 4층 방의 열려진 창문에서 새어나오는 불빛을 보았다.

건물에 다가가 피뢰침을 발견하자, 믿을 수 없을 만큼 재빠른 동작으로 기어 올라갔다. 벽 위에 딱 들어붙을 만큼 활짝 열려진 페라드를 붙잡고 그것에 매달렸다. 그 반동을 이용하여 단숨에 침대 머리판자가 있는 데로 뛰어들었다. 그럴 때까지 걸린 시간은 1분도 되지 않았다. 오랑우탄이 방 안으로 사라지자, 잠시 닫혔던 페라드가 반동으로 다시 열렸다. 선원은 난처했으나 한편 마음이 놓였다. 마음을 놓은 것은 놈을 잡을 수 있다고 생각했기 때문이다. 그 놈이 도망치는 길은 피뢰침 말고는 방법이 없었으므로, 거기로 내려올 때 잡으면 된다는 계산이었다.

그런데 이 짐승이 집 안에서 무슨 짓을 저지를지 큰 걱정이 되었다. 그런 생각이 들자, 선원은 안절부절 못하고 계속 짐승을 쫓았다.

피뢰침을 오르는 것은 선원에게도 쉬운 일이었다. 창문 안을 엿볼 수 있는 높이까지 올라갔을 때, 그의 동작이 딱 멈춰지고 말았다. 몸을 앞으로 하여 집 안을 흘끗 살펴보는 게 고작이었다. 그러나 공포에 질린 나머지, 손의 힘이 빠져 자칫하면 떨어질 뻔했다.

모르그 거리에 사는 사람들의 잠을 깨운 그 무서운 비명 소리가 터진 것은 그때였다. 레스파네 부인과 딸은 나이트가운을 걸치고 있었다. 마침 철제 금고를 방바닥 복판에 꺼내놓고 서류 정리를 하고 있는 듯했다. 레스파네 모녀가 창을 등지고 앉아 있었던 모양이다. 짐승이 침입한 후 비명 소리가 나기까지 걸린 시간을 보면, 그들이 침입자를 눈치 채지 못했다는 것을 알 수 있다. 페라드가 타닥거리는 소리도 바람 탓으로만 여기고 마음에 두지 않았던 것이다.

선원이 엿보았을 때 오랑우탄은 레스파네 부인의 머리를 쥐고 이발사가 하듯 면도칼을 그녀 눈앞에서 휘두르고 있었다. 딸은 쓰러져 꼼짝도 하지 않았다. 정신을 잃었던 것이다. 부인이 비명을 지르며 몸부림쳤다. 그동안에 머리털이 뽑혔다. 오랑우탄도 처음에는 그럴 악의가 없었겠지만, 부인의 반응으로 화를 내기 시작했다.

그 힘센 팔을 힘껏 휘두르자 그녀의 머리가 몸통에서 거의 떨어져 나갔다. 피를 보고 짐승의 분노는 광기로 변하였다. 눈에서 불을 내뿜으며 딸의 몸까지 덮쳤다. 그러고는 그 무서운 발톱을 딸의 목에 깊이 박은 것이다.

이때 그놈의 말똥말똥한 광포한 눈이 침대머리 쪽으로 돌려졌다. 공포에 질린 주인의 얼굴과 마주쳤다. 짐승은 공포의 회초리 생각을 아직 잊지 못했는지, 순간 그 분노는 공포로 바뀌었다. 회초리로 맞을 만한 짓을 한 줄 깨달은 것 같았다. 피비린 내나는 행위 끝에 광란 상태로 방 안을 날뛰고 돌아다녔다. 가구를 팽개치고 두들겨 부수고, 침대에서는 침구를 마구 잡아 끌어냈다. 뿐만 아니라, 딸의 상체를 움켜쥐고 굴뚝 속에 박아 넣었다. 그러고는 노부인의 시체를 창문에서 거꾸로 내던졌다. 짐승이 마구 찢어진 노부인의 시체를 안고 창문에 다가왔을 때, 선원은 혼비백산하여 뒤도 돌아보지 않고 집으로 달아났다.

이 범행의 결과를 두려워하며 공포에 질려 있었으므로, 오랑우탄의 운명 따위는 생각할 수가 없었다. 사람들이 층계에서 들었던 말이란 이 짐승의 괴성에 뒤섞인 프랑스인의 공포와 경악의 외침 소리였다. 이 이상 덧붙일 설명이라곤 거의 없다. 오랑우탄은 피뢰침을 따라 달아났을 것이고, 창문은 그 동물이 빠져나온 뒤 저절로 닫혔을 게 틀림없다.

이 오랑우탄은 그 뒤 주인의 손으로 포획되어, 자르댕 데 플랑테 동물원에 아주 비싼 값으로 팔렸다.

경창국장실에서 우리가 모든 사정을 이야기하자, 은행원 르 봉은 곧 풀려났다. 경찰국장은 뒤팽에게 감사했으나, 사건이 이렇게 끝난 것에 분함을 감추지 못했다. 그러고는 쓸데없는 참견은 금물이라는 싫은 소리를 한두 마디 덧붙였다.

뒤팽이 나에게 말했다.

"내버려두게. 그래서 속이 풀린다면 마음대로 떠들라지. 게임에서 이겼으니 나는 만족해. 그가 사건 해결에 실패한 것은 그가 생각하고 있는 범위보다는 깊이가 모자랐던 것뿐일세. 그 경찰국장이라는 자는 생각이 지나치게 노련한 점이 오히려 수사의 핵심을 놓친 거야. 그의 지혜에는 치밀성이 결여되어 있어. 머리만 있고 몸은 없거든.

아무튼 그는 좋은 경찰이야. 특히 그가 아무것도 아닌 일을 가지고 뻔뻔스럽게 거드름을 피우며 말하는 폼이 좋단 말이야. 그런 솜씨를 가지고도 명석하고 민첩하다는 명성을 얻고 있으니 말이야."

검은 고양이

내가 지금부터 쓰고자 하는 황당무계한 이야기를 독자들이 믿거나 말거나 나는 생각하지 않기로 했다. 믿어 달라고 한다면, 미치광이의 잠꼬대쯤으로 여겨질 것이기 때문이다.

그러나 나는 미친 것도 아니고, 꿈을 꾸고 있는 것도 아니다. 내일 내가 정말 죽게 된다면, 오늘이 가기 전에 마음의 무거운 짐을 내려놓고 싶을 뿐이다. 아무튼 나는 지금부터 극히 가상적인 일련의 사건을 있는 그대로, 어떠한 사설도 덧붙이지 않고 세상 사람들에게 털어놓으려고 한다.

그것이 결국 나를 공포에 빠뜨리고, 번민을 안겨다 주었으며, 끝내는 파멸로 몰아넣는 사건이 되고 말았다. 그래도 나는 그것에 대해 설명을 덧붙이지 않겠다. 내게는 오직 공포뿐인 사건이었지만, 세상 사람들에게는 터무니없는 미치광이의 괴담으로만 여겨질 것이다.

마침내는 내 악몽조차도 흔히 있는 시시한 사건으로 넘겨 버리는 지혜의 소유자가 나타날 것이 분명하다. 그러면 나보다는 훨씬 논리적이고 침착한 그는 내가 지금 공포에 떨고 있는 이 사건 속에서도 인과 관계가 통속적으로 이어지는 사건일 뿐이라고 판단할 지도 모른다.

나는 어릴 때부터 남의 눈에 띌 만큼 온순하고 솔직한 기질이 있었다. 마음이 너무도 여려서 친구들의 놀림감이 될 정도였다. 특히 동물을 좋아해, 부모님은 애완동물을 내가 원하는 대로 사 주셨다. 나는 그 동물들과 시간을 보냈고, 먹이를 주고 쓰다듬어 줄 때 가장 행복했다.

이 특이한 성격은 나이를 먹어도 한층 더해져, 어른이 되었을 때에는 오로지 동물과 노는 것만이 제일 즐겁고 행복했다. 충실하고 영리한 개에게 애정을 가져 본 적이 있는 사람들에게는 그 기쁨이 얼마나 큰 것인지 잘 알 것이다. 동물들의 애정은 앞뒤를 따지지 않는 자기희생적이다. 인간들이 계산적 우정과 경박한 성실을 여러 번 겪어 본 사람이라면, 동물의 사심 없는 애정 속에서 깊은 감동을 느낄 것이다.

나는 일찍 결혼했다. 다행히 아내의 성품도 나와 비슷했다. 내가 동물을 좋아하는 것을 보고, 아내는 귀여운 애완동물을 여럿 구해왔다. 그리하여 우리는 새, 금붕어, 개, 토끼, 작은 원숭이, 그리고 한 마리의 고양이와 함께 살게 되었다.

그 중 고양이는 몸집이 무척 클 뿐만 아니라 아름다운 녀석으로, 온몸이 새까맣고 게다가 놀랄 만큼 영리했다. 미신을 믿는 아내는 영리한 검은 고양이는 모두 마녀의 화신이라며, 예부터 전해오는 얘기를 곧잘 들려주었다. 그러나 아내가 정말로 미신을 믿었던 건 아니었다. 나 또한 그 얘기가 우연히 떠올랐을 뿐이다.

이 검은 고양이 플루토는 내가 특히 귀여워하는 놀이 친구였다. 으레 내가 먹이를 주었으며, 집 안 어디에서든지 내 뒤를 졸졸 따라다녔다. 외출할 때도 쫓아 나오려고 해서, 그것을 막는데 애를 태울 정도였다.

플루토와의 우정은 여러 해 동안 이어졌다. 그 동안 내 기질과 성격은 털어놓기 부끄러운 음주벽 때문에 전날의 행태는 떠올리지 못할 만큼 악화돼 가고 있었다. 나날이 변덕이 심해져 화를 잘 내고, 다른 사람의 기분 같은 것은 전혀 고려하지 않게 되었다. 아내에게도 욕설을 퍼붓는 것은 물론 폭력까지 휘둘렀다.

물론 동물들도 이러한 주인의 변화를 느꼈다. 나는 차츰 동물 돌보는 일을 멀리 했을 뿐 아니라, 그들을 못살게 굴기 시작했다. 그러나 플루토에게만은 아직 애정이 남아 있었다. 토끼, 원숭이, 개들이 반가워하며 내 곁에 다가오면 여지없이 그들을 걷어차곤 했다.

그럴수록 내 병은 점점 악화되어, 이제는 늙어 까다로워진 플루토까지 나의 음주벽을 여지없이 당하게 되었다.

어느 날 밤 만취가 되어 집에 돌아온 나는 플루토가 나를 피한다는 사실을 알았다. 나는 고양이를 붙잡았다. 그러자 그놈이 놀란 듯 내 손목을 할퀴어 버렸다.

순간 나는 악마와도 같은 분노가 폭발하여 이성을 잃어버렸다. 원래의 순한 영혼은 단숨에 내 몸으로부터 빠져나가고, 포악한 증오가 온몸을 떨게 했다. 나는 주머니에서 조그만 칼을 꺼냈다. 그러고는 고양이의 목을 움켜잡고 한쪽 눈을 즐기듯이 태연하게 천천히 도려냈다. 이 무섭고 잔인한 행위를 고백하려고 하니, 얼굴이 붉어지고 화끈해지며 몸이 떨려온다.

어느 정도 취기가 진정된 이튿날 아침, 이성을 되찾은 나는 내가 저지른 포악에 대해 공포와 회한에 빠졌다.

그러나 그것도 결국 일시적인 것에 지나지 않았으며, 영혼까지 움직인 것은 아니었다. 나는 여전히 폭음으로 세월을 보내며, 그 죄악에 대한 모든 기억을 완전히 술 속에 파묻어 버렸다.

고양이의 상처가 조금씩 나아졌다. 도려낸 뻥 뚫린 눈의 구멍은 분명 흉측했지만 더 이상 회한을 갖지 않았다.

고양이는 전과 다름없이 집 안을 돌아다니고 있었지만, 내가 가까이 가면 두려워하며 재빨리 숨었다. 달라진 고양이의 태도에 처음에는 조금 미안했다.

그러나 이런 감정도 곧 분노로 바뀌어, 끝내 치유할 수 없는 파멸의 구렁텅이로 나를 몰아넣고 말았다. 짓궂은 악귀가 내 마음을 지배하기 시작했다. 이러한 인간의 잔인한 근성에 대해서 철학은 아직까지 침묵하고 있었다. 이런 근성이야 말로 인간의 마음에 숨어있는 원초적 본능의 하나이며, 인간의 성격을 형성하는 근원적 감정이다. 나는 그것을 내 영혼이 실제로 존재하는 것처럼 믿었다. 그런 짓을 해서는 안 된다는 것을 알면서도, 이것 때문에 또 반복하는 어리석은 행위를 저지르는 사람이 세상에는 얼마나 많은가. 그러나 법률의 제재 때문에 그것을 어기고 싶은 욕구가 나도 모르게 고개를 드는 것이다.

다시 말해 포악한 성정은 감정이 나를 파멸로 끌어들였다. 죄도 없는 동물을 못살게 굴어 결국은 파멸로까지 이르게 한 것은, 결국 자신의 본성을 학대하는 영혼의 욕구였던 것이다.

어느 날 아침, 나는 아무 거리낌 없이 고양이의 목에 밧줄을 걸어 나뭇가지에 매달았다. 비통한 회한에 가슴이 아프면서도 고양이의 목을 매단 것이다.

나의 가슴이 아팠던 것은 그 고양이가 나를 사랑했으며, 나로 하여금 분노를 일으키게 하지도 않았기 때문이다. 이것이 죄라는 것을 나도 알고 있다. 결국 내 영혼은 신으로부터 구원받을 수 없다는 것도 알고 있다.

이 날 밤, 잠들어 있던 나는 '불이야!'하는 소리에 눈을 떴다. 침대와 커튼이 불길에 휩싸이고 집안은 온통 불바다였다.

아내와 나는 가까스로 빠져나왔지만 집은 몽땅 타 버렸다. 나는 절망 속에서 헤어나지 못했다.

나는 이 화재와 나의 잔인한 행위와 어떤 관계가 있다고는 생각하지 않았다. 일련의 사건을 있는 그대로 이야기하는 이 처지에, 어느 한 가지라도 그냥 넘기고 싶지 않았다.

다음 날 나는 잿더미가 된 자리로 가 보았다. 담은 한쪽만 남은 채 모두 허물어져 있었다. 그런데 신기하게도 내 침대 머리 쪽의 벽은 타지 않고 남았다. 이 벽은 석회를 바른 것으로, 석회가 불에 타지 않은 것이다. 이 벽 언저리에 많은 사람이 모여들어, 벽을 아주 세밀하게 바라보고 있었다.

"신기한데!"

"이상한 일도 다 있군!"

나는 이런 소리에 이끌려 벽 가까이 가보니, 흰 벽에 희미하게 새긴 듯한 고양이의 모습이 드러나 있었다. 그 윤곽은 실로 놀라울 만큼 정확했으며, 고양이 목에는 밧줄이 감겨져 있었다.

이 괴물을 발견한 나의 놀라움과 공포는 나를 몸서리치게 하였으나, 가까스로 냉정을 되찾았다. 그 고양이를 목매단 곳은 뜰이었음이 비로소 생각났다. '불이야!'하는 소리에 사람들이 구름 같이 뜰로 모여들었고, 그 가운데 한 사람이 잠든 나를 깨울 생각으로, 고양이 시체를 열린 창문을 통해 내 방 안에 던져 넣은 것 같았다. 그런데 다른 쪽 벽들이 무너지는 바람에 고양이 시체가 석회 벽으로 밀려들어간 것이다. 그리고 석회가 화염과 고양이 시체에서 뿜어져 나온 암모니아의 화학 작용이 이 같은 그림을 만들어 냈을 것이다.

여러 달 동안 나는 고양이의 끔찍한 환영에서 벗어날 수가 없었다. 내 마음에는 회한과도 같은 분명치 않은 기분이 싹트기 시작했다. 그 고양이가 안타까워 단골로 드나들던 술집을 기웃거렸다. 죽은 고양이 대신 비슷한 놈을 찾아보려는 것이다.

어느 날 밤, 만취하여 술집에 앉아 있었다. 이때 술통 위에 무언가 검은 게 웅크리고 있는 것을 발견했다. 그 술통 위라면 아까부터 바라보고 있었는데, 이제야 비로소 검은 그것을 깨달은 것이다.

나는 가까이 다가가 만져 보았다. 뜻밖에 검은 고양이였다. 바로 플루토와 비슷한 몸집을 한 녀석으로, 플루토와 비슷한 모습이었다. 다만 플루토는 온몸이 새까맸으나 이 고양이는 가슴 언저리 부분 전체가 흰 얼룩점으로 덮여 있었다.

내가 또 만지자, 고양이가 얼른 일어나 목을 쭉 뺐다. 그러고는 내 손에 얼굴을 비비면서 애교를 떨었다.

이 녀석이야말로 내가 찾던 고양이였다. 나는 술집 주인에게 그 고양이를 내게 달라고 부탁했다. 그러나 주인은 자기 것이 아니며, 어디서 왔는지도 모른다고 했다.

나는 고양이를 쓰다듬어 주다가, 그만 일어섰다. 그러

자 고양이도 함께 따라 나설듯한 준비를 취했다. 나는 따라오도록 내버려두었다. 걷는 동안 이따금 고양이의 등을 쓰다듬어 주었다. 집에 오자 고양이는 곧 길들여졌고, 아내도 마음에 들어 했다.

그런데 어느 날, 이 고양이에 대한 혐오가 마음 깊은 곳에서부터 싹트는 것을 느꼈다. 이것은 내가 뜻한 바가 아니었다. 그러나 고양이가 나를 따른다고 여기자, 갑자기 성가시고 마음이 초조하여 견딜 수 없었다. 그리하여 마침내는 극도의 증오로 바뀌어 버렸다.

나는 고양이를 피했다. 고양이를 못살게 굴지는 않았다. 일종의 수치심과 전에 저지른 잔혹한 행위의 기억 때문인 것 같았다. 여러 주일 동안은 때리거나 거친 행동을 하지 않았다.

그러나 얼마 못 가서 고양이에 대해 격한 증오를 느끼게 되었다. 마치 전염병 환자를 피하듯 이 저주스러운 짐승을 피하게 되었다.

게다가 그 고양이도 플루토처럼 한 눈이 멀어 있음을 알게 된 것도 내 증오를 부추겼다. 그러나 한 눈이 없다는 것 때문에 아내는 더 측은히 여기는 것 같았다.

앞에서도 이야기했듯이 아내는 이전에 내가 보았던 상냥한 기분을 그대로 지니고 있었다.

그러나 내가 증오하면 할수록 고양이는 나를 더욱 따르는 것 같았다. 내가 가는 곳마다 집요하게 따라다녔다. 내가 어디에 가든지 쫓아와, 의자 아래에 웅크리고 있거나 무릎 위로 뛰어 올라 몸을 비벼대는 것이었다. 걸어가는 중에 두 다리에 걸려 곤두박질할 뻔한 적도 있었다. 어느 때는 길고 뾰족한 발톱으로 옷에 매달려 가슴 언저리까지 기어오르기도 했다.

그럴 때면 단번에 죽이고 싶은 충동이 들었으나, 무한한 인내력을 발휘하곤 했다. 전에 저지른 흉포한 행위가 기억났기 때문이다. 실은 그보다도 고양이가 무서워 견딜 수가 없었다. 이 공포감은 꼭 육체에 위해를 가할까 봐 그런 건 아니었다.

그건 분명하다. 이 중죄수 감방에 있는 지금도 여전히 고백하기 부끄러웠다. 그 고양이가 나에게 갖게 한 공포와 전율은 오로지 망상에 의해 부채질 된 것이었다.

죽은 고양이와 지금의 이 야릇한 고양이 사이에 단하나 다른 점인 흰 무늬에 대해 아내가 자주 내 주의를 환기시켰다.

이 얼룩점은 크지만 아주 희미한 것이었다. 그런데 서서히 거의 구분할 수 없을 만큼 서서히 윤곽이 뚜렷해졌다.

그것은 몸서리쳐지는 형태로 변하고 있었다. 그 때문에 그 고양이가 미웠고 무서웠으며 할 수만 있다면 죽여 버리고 싶었다. 보기에도 소름끼치는 것이었다. 불길한 공포와 내가 지은 죄의 고민과 죽음의 형틀인 교수대 모양을 나타내고 있었던 것이다.

지금에야 나의 비참한 기분은 이 세상의 모든 비참한 경우를 훨씬 넘어선 것이었다. 겨우 한 마리의 짐승이, 즉 진심으로 경멸하여 죽여 버리는 짐승이 나에게 이토록 괴로움을 준다는 게 믿어지지 않았다. 나는 낮에도 안식을 찾을 수가 없었다. 낮 동안에는 그 고양이가 잠시도 내 곁을 떠나지 않았으며, 밤은 밤대로 악몽에 시달려 거의 매 시간마다 잠에서 깨어나곤 했다. 깨어 보면 그 불길한 짐승의 뜨거운 입김이 내 얼굴에 덮쳤다. 나로서는 뿌리칠 수 없는 악마의 화신이 내 가슴 위에 얹혀 있는 것 같았다.

이러한 고통에 짓눌려 내 마음 속에는 착한 마음이 모두 사라졌다. 사악한 생각만이 내 유일한 마음의 반려자로 남아 있었다. 성격이 점점 포악해져 모든 사람들을 향한 증오로 바뀌었다. 그리하여 이제는 나의 돌발적이고 잦은 격노가 발작을 일으켰다. 그래도 누구보다도 괴로워하고 누구보다도 참을성 있게 견디어 준 피해자는 오로지 나의 아내였다.

이제는 가난하여 어쩔 수 없이 지금까지 살고 있던 낡은 집의 지하실로 이사했다.

내가 지하실로 내려가자, 고양이도 나를 따라 가파른 층계를 내려왔다. 그 때문에 하마터면 나뒹굴 뻔했던 나는 몹시 화가 났다. 나도 모르게 손도끼를 집어든 나는 너무 격분한 나머지, 내내 억누르고 있던 공포도 잊고, 고양이를 향해 도끼날을 찍어 내리려 했다. 만일 생각대로 내려쳤다면 고양이는 그 자리에서 숨이 끊어졌을 것이다. 이때 공교롭게도 아내가 내려왔고, 도끼를 든 손이 아내의 손길에 멈춰졌다.

격노에 휩싸인 나는 아내의 손을 뿌리치고 대신, 아내의 머리 한복판에 도끼를 박아 버렸다. 아내는 비명 소리도 지르지 못하고 그 자리에 푹 고꾸라졌다.

나는 신중하게 아내의 시체를 감출 방법에 골몰했다. 하지만 낮이건 밤이건, 이웃 사람 눈에 띄지 않게 시체를 밖으로 내가는 일은 도저히 불가능했다.

여러 가지 방법을 궁리했다. 시체를 잘게 토막 내어 불에 태워 버리려고도 생각했다. 또한 지하실 바닥을 파고 그곳에 파묻어 버릴까도 생각했다. 아니면 뜰에 있는 우물에 던져 버릴까… 혹은 상품처럼 보이도록 그럴 듯하게 포장해서 가지고 나가는 방법도 궁리해 보았다.

그러던 중에, 그 어느 것보다도 훨씬 기발한 방법이 떠올랐다. 시체를 지하실 벽 속에 넣어 발라 버리기로 결심한 것이다. 중세의 사제들이 희생자를 벽 속에 넣고 발라 버렸다는 기록이 떠오른 것이다.

이러한 방법에는 지하실이 안성맞춤이었다. 벽을 대충 쌓아 올린 채 최근에 회칠을 한 번 했을 뿐이다. 습기 찬 공기 때문에 그것이 아직 굳지 않고 있었다. 더구나 벽 한쪽은 장식용 연통과 난로였던 곳을 메워, 다른 부분과 똑같이 불룩 튀어나와 있었다. 그곳의 벽돌을 들어내고 시체를 집어 놓은 것이다. 의심스럽지 않게 벽을 완전히 바르면 되는 것이다.

내 예상은 적중했다. 쇠지레대로 벽돌을 떼어내고 시체를 조심스럽게 안쪽 벽에 세워 놓았다. 그러고는 힘들이지 않고 벽돌을 다시 쌓아올렸다. 그런 다음, 모르타르와 모래와 머리칼을 섞어 반죽한 석회를 새로 쌓아올린 벽돌 위에 골고루 발랐다.

일이 다 끝났을 때 나는 비로소 만족했다. 벽은 조금도 손댄 것처럼 보이지 않았다. 바닥에 떨어진 티끌 하나도 낱낱이 치웠다. 나는 의기양양하게 주의를 둘러보며 혼잣말을 했다.

"헛수고는 아니었어."

다음에 할 일은 이 참극의 원인을 제공한 고양이를 찾는 것이었다. 그 고양이를 죽여 버리기로 굳게 결심했기 때문이다. 만일 그때 내 눈에 띄기만 했다면, 고양이의 운명은 벌써 끝나 버렸을 것이다. 그러나 이 교활한 동물은 지난번의 내 격한 분노에 겁을 먹었는지, 내 앞에 얼씬도 하지 않았다.

이 불쾌하고 얄미운 고양이가 없어져, 내가 얼마나 홀가분하고 행복한지 도저히 글로 표현할 수가 없다. 고양이는 그날 밤새도록 모습을 나타내지 않았다. 덕분에 처음으로 그날 밤 편안히 잠들 수 있었다. 살인을 했다는 두려움이 마음을 억누르고 있는데도 편안히 잠을 잘 수 있었다.

이틀이 지나고 사흘이 지나도, 나를 괴롭혔던 고양이는 여전히 돌아오지 않았다. 나는 다시금 자유로운 몸이 되어 편안히 숨 쉴 수 있었다. 두려움을 주던 괴물이 영원히 사라진 것이다. 이제 두 번 다시 그 고양이를 보지 않게 되었다고 생각하자, 더할 나위 없이 행복했다.

흉악한 죄의식도 나를 괴롭히지 않았다. 두세 차례 심문을 받았지만 문제없이 넘어갈 수 있었다. 가택수사도 샅샅이 했지만 어떤 것도 발견될 리 없었다. 이로써 앞날의 행복은 확보된 셈이었다.

아내를 죽인 지 나흘째 되는 날, 뜻밖에도 한 무리의 경찰들이 몰려와 가택 수색을 다시 했다. 그러나 시체 감춘 곳을 찾을 리 없다고 확신한 나는 조금도 당황하지 않았다.

경관의 명령으로 나도 함께 수색하게 되었다. 집 안 구석구석까지 샅샅이 조사했다. 그리하여 드디어 세 번인가 네 번째 지하실에 내려갔다. 나는 얼굴빛 하나 달라지지 않았다. 내 심장은 마치 나쁜 짓을 한 번도 해본 적이 없는 아이처럼 조용했다. 그래서 나는 가슴 위로 팔짱을 끼고 유유히 돌아다녔다.

경관들이 완전히 의심이 풀려 집을 떠나려 했다. 나는 기쁨을 억누를 수가 없었다. 나는 승리의 기쁨으로 한 마디라도 해서, 내 무죄를 그들에게 확신시켜 주고 싶어 견딜 수가 없었다.

참다못한 나는 층계를 올라가는 경관들에게 기어이 말을 건넸다.

"경찰 나리들, 의심이 풀려 무엇보다도 기쁩니다. 여러분의 건강을 빌며, 앞으로는 좀 예의 있게 행동해 주십시오. 그런데 여러분 어떻습니까? 이 집의 구조가 썩 잘 되어 있다는 생각이 들지 않습니까?"

아무 이야기나 마구 지껄이고 싶은 욕망에 들떠, 나는 횡설수설 도대체 무슨 말을 하는지조차 모르고 있었다.

"매우 잘 지어진 집이라고 할 수 있지요. 무엇보다도 벽이 단단합니다. 여러분들 그만 돌아가시렵니까? 이 벽은 아주 견고하게 돼 있습니다."

이렇게 말한 나는 확신을 가지고 들고 있던 막대기로 아내의 시체가 들어 있는 바로 그 부분을 힘껏 내리쳤다.

그러나 이게 웬일인가. 오, 하느님. 악마로부터 나를 구해 주소서! 내리친 소리의 울림이 채 가시기도 전에, 무덤 속에서 대답하는 듯한 소리가 들려 왔다. 처음에는 어린아이의 울음소리가 짓눌린 것처럼 간간이 들렸다. 곧이어 사람 소리가 아닌 아주 괴상한 비명으로 바뀌었다. 그것은 저주하는 듯한 비명으로, 반은 공포와 반은 안도감에 취한 듯한 음성이었다. 순간 나는 정신이 아득해지며, 비틀거렸다.

층계 위에 경관들도 공포와 놀라움으로 한동안 멍하니 서 있었다. 이어서 경찰들의 억센 팔이 달려들어 벽을 무너뜨리기 시작했다. 벽은 와르르 무너져 내렸다.

그러자 핏덩어리가 말라붙은 시체가 사람들 눈앞에 우뚝 나타났다. 그리고 시체 머리 위에는 시뻘건 입을 크게 벌리고 불같은 외눈을 무섭게 뜬 그 고양이가…
나로 하여금 살인을 하도록 감쪽같이 유인하고, 지금은
그 비명 소리로 나를 교수대로 이끈 고양이가 앉아 있
었다. 이 괴물을 나도 모르게 아내의 시체와 함께 벽 속
에 넣고는 그대로 발라 버렸던 것이다!

고골리

코

작가 고골리(1809-1852)는 러시아의 소설가·극작가로, 본명은 고골리 야노프스키. 그는 우크라이나를 무대로 하여 러시아 각지에 전하는 민화, 전설, 민요 등을 소재로 한 향토색 짙은 단편소설들을 많이 발표하였다. 1830년에는 단편 <이반 쿠팔라의 전야>로 각광을 받기 시작했다.

19세기 하급관리의 비참한 생활이나 위선적인 귀족계급을 통렬한 풍자와 날카로운 위트로 해부해 시민들로부터 인기를 한 몸에 모았던 그는 20대 초반에 이 작품을 발표하였다. 특히 1836년에 쓴 <검찰관>은 관료사회의 비리를 노골적으로 폭로했기 때문에, 찬반의 와중에 휘말렸고, 이 사건이 원인이 되어 서구로의 여행길에 나섰다.

코

거리의 한 간판에 볼에 허옇게 비누칠을 한 얼굴 그림과 함께 '검은 점도 빼줍니다.'라는 문구가 씌어 있었다. 이 간판은 이반 야꼬블레비치의 이발소 앞에 세워져 있었다.

얼굴의 점도 빼주고, 수염과 잔털을 깎아준다는 뜻이었다.

그런데 3월 25일, 이 이발사의 집에서 괴이한 사건이 발생했다.

마침 빵 굽는 냄새가 코를 찌르는 바람에 이발사는 자리에서 일어났다. 아내가 난로에서 잘 구워진 빵을 꺼내고 있었다.

"냄새가 아주 근사하군. 여보, 난 커피는 그만두고 빵만 줘."

이발사가 이렇게 소리쳤다. 사실 이발사는 커피와 빵을 다 좋아하는데 살림은 구차하고 아내는 인색해서, 두 가지를 다 요구할 수가 없었다. 아내의 잔소리가 싫었기 때문이다.

이발사는 식탁에 앉아 여유를 부리며 빵을 자르기 시작했다.

여유를 부린 이유는 커피를 먹고 싶은 표정을 아내에게 보이지 않기 위해서였다.

두 조각으로 빵을 자른 후 이발사는 잘린 빵을 들여다보았다.

칼끝에서 이상한 느낌을 받았기 때문이었다. 놀랍게도 빵 속에 무엇인가가 들어있었다.

이발사는 칼끝으로 빵 속을 헤집었다.

'이게 도대체 뭘까? 단단하고 쫄깃쫄깃하게 생겼는데…'

이발사는 빵 속의 이상한 물건을 뽑아내어 손으로 만져보았다.

"아니 이건 사람의 코가 아닌가!"

틀림없는 사람의 코였다. 이발사는 그로부터 재빠르게 손을 떼었다.

"세상에…."

이발사는 손으로 눈을 비빈 다음 그걸 자세히 들여다보았다. 분명 사람의 코였다. 게다가 어디서 자주 보던 사람의 코 같았다. 이발사는 몸을 부들부들 떨기 시작했다.

아내가 잘려진 코를 보고 소리를 질렀다.

"아니, 당신. 어디서 남의 코를 잘라 왔어요? 이발사면 남의 머리나 깎고 면도나 할 일이지, 코는 왜 잘라 왔어요? 그 사람이 앞으로 당신에게 면도하러 오면, 면도할 때 손잡을 데가 없어서 얼마나 불편하겠어요? 그렇잖아도 당신은 면도할 때 코를 너무 세게 잡는 버릇이 있는 사람 아닌가요?"

그러나 이발사는 아내의 잔소리를 듣고 있을 정신이 아니었다. 갑자기 그 코의 주인이 생각났기 때문이었다. 그 코는 성격이 괴팍하기로 소문 난 코발레프 소령의 것이 분명했다.

"이거 야단났군. 여보, 어서 헝겊 한 장 줘요. 헝겊에 싸서 감추어 두었다가, 몰래 버려야겠어."

"남의 얼굴에서 베어 온 코를 왜 집안에다 숨겨둬요? 당장 내다버리지 않으면, 경찰에 신고하겠어요."

이발사는 무엇에 심하게 얻어맞은 사람처럼 멍한 얼굴로 서 있었다. 그에겐 남의 코를 벤 기억이 전혀 없었다. 더구나 괴팍하기로 소문난 코발레프 소령의 코라니!

그는 뒤통수를 긁적거리며 이렇게 중얼거렸다.

"남의 코를 잘랐다니, 있을 수 없는 일이야. 게다가 이 코가 왜 빵 속에 들어있어? 내가 넣었을 리도 없고, 아내가 넣었을 리는 더더욱 없지. 그런데 빵 속의 코가 조금도 익지 않은 게 이상하군."

이발사는 입을 꼭 다물어버렸다. 이 코가 경찰에 발각되어 감옥에 갈 생각을 하니, 눈앞이 아찔하고 캄캄했기 때문이었다.

이발사는 코를 헝겊에 싸가지고 거리로 나섰다. 아내의 눈총이 매서워 도저히 집에는 있을 수가 없었다.

그는 어느 집 대문 앞이나, 골목길 모퉁이에다 그 코를 슬쩍 버리기로 작정했다. 그런데 생각지 않았던 친구를 우연히 만나고 말았다.

"야꼬블레비치. 어디 가는 길인가? 이렇게 이른 아침에 누가 이발하러 오라던가? 갖고 있는 것은 뭔가? 이발기구 같진 않은데."

그는 눈치도 없이 이발사를 놓아주지 않았다. 이발사는 코를 뒤로 감추고 가슴을 졸였다.

친구를 겨우 따돌린 이발사는 코를 길모퉁이에다 슬그머니 버리는데 성공했다. 그러고는 막 가려는데, 뒤에서 누군가 소리치는 사람이 있었다.

"여보게, 거기 뭘 떨어뜨렸군. 주워 가도록 하게."

뜻밖에 경찰이었다. 그는 경찰봉으로 헝겊에 싸인 물건을 가리켰다.

당황한 이발사는 얼른 그 물건을 주워 호주머니에 넣었다.

상점들이 하나 둘 문을 열고 있었다. 행인들도 점점 많아졌다. 이발사는 갑자기 난감했다. 사람의 눈이 너무 많으면 그 놈의 코를 버릴 만한 곳이 없기 때문이었다.

이발사는 다리 쪽으로 갔다. 기회를 보아, 네바 강에다 헝겊으로 싼 코를 버리기 위해서였다.

그는 물고기를 구경하는 척 다리 아래를 내려다보고는 코를 슬쩍 떨어뜨렸다. 비로소 무거운 짐이라도 벗어버린 것처럼 몸과 마음이 가벼워졌다.

그는 거리 쪽으로 다시 걸었다. 그때 큰 칼을 차고 순찰 중인 경찰관 한 사람이 그를 향해 손가락질로 오라는 시늉을 했다.

"이리 좀 와 봐."

그가 경찰관 앞으로 쪼르르 달려가, 모자를 벗고 꾸벅 인사를 했다.

"아이고 경찰관 나리, 안녕하십니까?"

그가 아침을 떨자, 경찰관이 얼굴을 험악하게 일그러
뜨렸다.

"조금 전에 저 다리 위에서 무슨 짓을 했어? 바른 대
로 말해."

"사실은요, 면도를 해드리러 가는 길에 강의 물살이
얼마나 빠른지 구경한 것입니다."

"그 따위 거짓말에 누가 넘어간대? 바른 대로 말해."

"정말 아무 짓도 하지 않았어요. 그보다 나리, 앞으로
일주일에 두 번씩 공짜로 면도해 드리겠습니다. 세 번씩
이라도 좋습니다. 물론 공짜죠."

"내게도 이발사가 있어. 무슨 짓을 했느냐고 묻는데,
웬 잔소리가 그렇게 많아?"

경찰관의 호통에 이발사는 파랗게 질린 채 벌벌 떨었
다.

코발레프 소령은 자리에서 일어나자마자, 기지개를 켜
고 손거울을 집어 들었다. 전날 밤 콧등에 생겼던 뾰루
지가 궁금해서였다.

'이게 어떻게 된 거지!'

코가 붙어 있어야 할 자리가 매끈한 것이 구멍만 두
개 나있을 뿐이었다. 코발레프 소령은 눈을 비비고 손등

을 꼬집어보았지만 분명히 꿈은 아니었다.

코가 없어진 걸 확인한 그는 미칠 것만 같았다. 코가 없어지다니? 혹시 코가 떨어져 있지 않나 싶어 그는 침대보를 털어보고 방바닥도 샅샅이 조사했지만 소용없었다. 코발레프는 경찰국장에게 신고할 생각으로 서둘러 옷을 입었다.

코발레프 소령은 자신이 소령이라는 사실을 매우 자랑스럽게 생각하는 사람이었다.

누가 자기 집을 물으면 이렇게 대답했다.

"싸도바 거리에 와서 코발레프 소령의 집이 어디냐고 물어보면 모르는 사람이 없어. 꼭 '소령'이라는 말을 붙여야 해. 알았지?"

그는 제복을 멋지게 차려입고, 거리를 거들먹거리며 걷는 것이 유일한 취미였다. 그러면 결혼하자고 조르는 처녀들도 있었지만 코발레프 소령은 그때마다 20만 루블 정도의 지참금을 가지고 와야 결혼해 줄 수 있다고 거드름을 피웠다.

그런 코발레프의 코가 없어진 것이었다. 거들먹거리길 좋아하는 소령에게 코가 없다니…

코발레프는 코피라도 쏟고 있는 사람처럼 손수건으로 코를 꼭 누르고 거리로 나갔다.

'제과점으로 들어가 다시 한 번 확인해 보자. 제과점 거울은 크고 깨끗하니까.'

그는 제과점으로 들어가 거울을 들여다보았다.

코는 역시 없었다.

"이게 무슨 꼴이야. 코가 없으면, 뭐든지 붙어 있어야 할 게 아닌가!"

코발레프는 이렇게 중얼거리다 말고 입을 다물어버렸다. 차라리 아무것도 없는 게 낫지. 그 자리에 대신 눈이라도 박혀 있다면 그건 더 큰일이었다.

제과점에서 나왔다. 이제는 누구를 만나더라도 모르는 체해야 했다. 한참을 걷던 그는 어느 집 대문 앞에서 그만 우뚝 서버리고 말았다. 바로 눈앞에서, 이해할 수 없는 뜻밖의 일이 일어난 것이다.

대문이 열리면서, 신사 하나가 나와 마차로 올라가는 것이었다. 그 신사가 바로 자신의 코라는 걸 알고는 기절할 뻔했다.

'어떻게 이런 일이… 내 코가 신사 차림으로 마차를 타다니!'

자기 코가 대령 복장을 하고 있다는 걸 알았다. 허리에 찬 칼, 닭털이 꽂힌 모자만으로도 금방 알 수 있었다. '코대령'은 마차를 타고 코발레프 앞을 떠나고 말았다.

코발레프 소령은 거리를 방황하다 교회로 찾아 들어 갔다. 교회 안에는, 코가 문드러진 문둥이들이 우글거리 고 있었다. 전 같으면 그가 멸시하던 사람들이었다. 그러나 코가 없어진 그로서는 비웃을 수 없었다. 자신도 동정을 받아야 할 판이기 때문이다.

코발레프는 차마 문둥이들처럼 기도할 수가 없었다. 주위를 두리번거리기만 했다.

그런데 조금 떨어져 있는 의자에 조금 전에 보았던 그 코신사가 앉아 있는 게 아닌가. 코발레프는 남들이 기도하고 있는 틈을 타서 코신사한테 다가갔다.

"잠깐 실례합니다."

코발레프는 마음을 단단히 먹고 작은 소리로 코신사 에게 말을 걸었다.

"왜 그러시오? 아니, 왜 그러는가?"

그는 코발레프가 소령 계급장을 단 것을 보고 자기보 다 아랫사람이라는 걸 알고 금세 말투를 고쳤다.

"좀 이상한 일이 있어서… 대령님께서는 교회에 계 실 분이 아니라는 걸 아실 텐데요. 그런데도 교회 안에 계시니 참으로 이상하지 않습니까?"

코라면 당연히 얼굴 위에 있어야지. 왜 교회에 있느냐 는 뜻이었다.

"무슨 말인지 알아들을 수가 없네. 분명하게 말해보게."

코신사는 시치미를 뚝 떼고 코발레프를 바라보았다.

"소령인 제가 코를 떼어놓고 다니게 되었으니, 얼마나 창피스러운 일입니까? 천한 장사꾼이라면, 코 하나쯤 없어도 상관없겠지요. 그러나 저는 곧 중령이 될 몸입니다."

"그래서?"

"제 의무와 명예와 그리고 제 얼굴을 보시면, 대령님께서도 아실 것입니다."

"무슨 말인지 하나도 모르겠네. 어디 알아들을 수 있도록 말해보게."

"사실대로 말씀드리겠습니다. 대령님은 바로 제 코가 아닙니까? 제 얼굴에 계셔야지, 이런 교회에 계시면 제가 어떻게 합니까?"

그러자 코대령이 눈살을 찌푸리며 소령을 노려보았다.

"나는 자네의 코가 아니라, 어디까지나 나 자신일세. 자네와 나 사이에 무슨 관계가 있는가? 자네 단추를 보니 소령이군. 내 단추를 보게, 나는 대령이 아닌가. 대령이 소령의 코라니, 그런 말을 함부로 해도 되는 것인가?"

그의 반응에 코발레프는 입을 다물어버렸다. 코발레프는 갑자기 난감해서 두 손으로 머리를 싸쥐었다. 코대령은 화가 났는지 교회에서 이내 나가버렸다.

코발레프도 교회에서 나와 마차를 잡아탔다. 마부가 행선지를 물었다.

"신문사로 가주게."

그는 경찰국장을 찾아갈 결심을 바꾸었다. 누구든지 자기 코를 체포해 오면, 후하게 사례를 하겠다는 광고를 신문에 낼 생각이었다.

마차가 신문사 앞에 이르자, 코발레프는 곧장 광고부 접수실로 들어갔다.

"무슨 일로 오셨습니까? 애완견을 잃어버리셨습니까, 아니면 가정부를 구하십니까?"

광고 접수계가 물었다.

"사실 나는… 이상한 사건에 휩쓸렸네. 그래서 그 도망친 놈을 끌고 오는 사람에게 후하게 사례하겠다고 광고를 신문에다 싣고 싶어서 왔네."

"성함을 가르쳐 주십시오."

"이름은 알아서 무엇 하는가? 다른 사람들이 알면, 흉보지 않겠나. 그저 소령이라고만 해주게."

"도망친 놈이 누굽니까? 소령님댁 하인입니까? 그놈

의 이름을 가르쳐 주십시오."

"도망친 놈이 누구냐 하면 바로 내 코란 말이야."

소령은 손수건을 치우고 코가 있던 자리를 보여주었다. 그러나 광고 접수계는 소령의 말을 알아듣지 못했다. 얼굴도 보려고 하지 않았다.

"거참, 괴상한 이름도 있군요. 이름이 코라니! 그러니까 그 코라는 자가 소령님 돈을 떼먹고 도망쳤다는 말씀이신가요?"

"코라고 하는 건… 사람 이름이 아니야. 바로 내 코를 말하는 것이야. 이놈이 행방불명이라니까. 살다 보니 별꼴을 다 당하는군."

"어떻게 사라졌는데요? 무슨 말씀인지 잘 모르겠습니다."

광고 담당자는 알고 그러는지 모르고 그러는지, 엉뚱한 소리만 지껄였다.

"실은 나도 모르겠네. 자고 일어났더니 사라졌더군. 분명한 것은, 내 코가 지금 시내를 돌아다니며 대령 행세를 하고 있다는 거야. 나는 빨리 이놈을 잡아야겠어. 그래서 신문에 광고를 내겠다는 게 아닌가. 코란, 사람의 얼굴에서 가장 다른 사람 눈에 잘 띄는 것이지. 코를 잃어버린 내 심정, 제발 좀 헤아려 주게. 새끼발가락 한 개가 없어졌다면 다른 사람 눈에는 띄지 않거든. 나에겐 친하게 지내는 귀부인들이 많아. 이분들이 내 코가 없어졌다는 걸 알게 되면 큰일이야."

광고 담당자가 눈을 감고 한동안 생각에 잠겨 있었다.

"안되겠습니다. 이런 광고를 신문에다 낼 수는 없습니다."

"어째서 낼 수 없다는 것인가?"

"신문사의 권위를 생각해 주십시오.'코가 달아났다. 내 코를 찾아주는 사람에게 사례하겠다.' 이런 광고가 나가 보십시오. 애독자들은 우리 신문이 자기네들을 놀린다고 생각하지 않겠습니까. 도무지 말이 안 되는 이야기니까요."

"그건 또 무슨 말인가? 그리고 내가 애독자를 놀리려고 이런 광고를 낸다는 말인가?"

"소령님 우리 입장도 생각해 주십시오. 언젠가 어떤 사람이 우리 신문에다 강아지가 달아났다는 광고를 냈습니다. 나중에 알고 보니, 자기네들끼리만 통하는 암호 광고였습니다. 우리 애독자들이 왜 남의 암호 광고나 읽어야 합니까? 애독자들이, 누굴 놀리느냐고 신문사에다 항의했습니다."

"하지만, 이건 강아지 광고가 아니지 않는가? 나는 내 코를 찾고 있다니까."

"아무래도 이런 광고는 낼 수 없습니다."

"이것 보게, 내 사정 좀 봐주게. 여기에 있어야 할 코가 없지 않은가?"

"정말 코가 떨어져 나갔다면 병원으로 가십시오. 요즘은 주문에 따라 코를 떼었다 붙였다 하는 병원이 있다고 합니다. 정말 코가 떨어져 나갔다면 말입니다."

"정말 떨어져 나갔다니까. 몇 번이나 보여 주었는데도 그러네. 자 잘 보게."

소령은 다시 한 번 얼굴에서 손수건을 떼고 코가 있던 자리를 보여 주었다.

광고 담당자는 한참이나 그곳을 바라보다 이렇게 중얼거렸다.

"괴상망측하군요. 코가 있어야 할 자리가 갓 구워낸 호떡처럼 반질반질하다니…"

"이제 할 말이 없겠지? 자, 광고를 내주게. 나는 소령일세. 나 같은 사람과 친구가 되는 것도 나쁘지 않을 거야."

소령은 일이 다된 줄 알고 좋아했지만 광고 담당자는 역시 딴소리를 했다.

"신문 광고는 어려운 일입니다. 이 이야기를 잡지에다

소설로 꾸며 가지고 한번 실어보시죠. 아마 독자들의 관심을 끌 수 있을 겁니다."

"이 사람아, 누굴 놀리는 건가?"

소령이 버럭 화를 내었다. 광고 담당자가 비로소 소령에게 사과했다.

"소령님 미안합니다. 어처구니없는 일을 당하신 분에게 제가 좀 지나쳤나 보군요. 코담배라도 한 대 피우시면 머리가 좀 맑아질 겁니다. 코담배는 치질에도 좋다니까요."

그러자 코발레프가 그만 소리를 버럭 질렀다.

"끝까지 농담을 할 텐가? 날 보고 코담배나 피우라고? 냄새 맡는 물건이 없는 사람에게 코담배를 피우라고?"

코발레프 소령은 신문사를 뛰쳐나왔다.

그가 다음으로 찾아간 곳은 경찰서였다. 그러나 찾아간 때가 좋지 못했다. 경찰서장은 마침 기지개를 켜면서 낮잠을 자려고 눈을 붙이려던 참이었다. 그러니 코발레프의 말이 제대로 들어줄 리가 없었다.

"지금은 뭘 잃어버렸다느니, 찾아달라느니, 이런 이야기를 들을 때가 아니야. 나는 점심 식사 뒤에는 꼭 낮잠을 자야 하거든."

경찰서장이 무뚝뚝하게 말했다.

"경찰서장님, 사실은…."

코발레프는 지금까지 있었던 이야기를 신문사에서처럼 늘어놓았다. 그러자 경찰서장이 이렇게 말했다.

"똑똑한 사람이 코를 잃어버렸다는 이야기 들어 보았는가? 이건 경찰이 나설 일이 아니고, 자네가 손수 찾아다녀야 할 일일 것 같군."

"너무 하십니다. 도와달라고 찾아온 사람한테 뺨을 때리는 격 아닙니까."

"거리에서 과일이나 파는 장사치라면 또 모르겠네. 소령이란 사람이 코를 잃어버려? 나 같으면, 창피해서 입도 열지 못하겠네."

코발레프는 화가 나서 몸을 부들부들 떨었다. 소령 계급을 모욕한 것이 분했다. 걸핏하면 화를 잘 내는 사람이었는데, 계급이 모욕당할 때는 참지 못했다.

연극에서도 소령 이상의 계급을 모욕하는 대사가 나오면, 참지 못하는 사람이 바로 코발레프 소령이었다. 그만큼 소령 계급에 긍지를 가졌다.

그러나 상대는 경찰서장이었다. 코발레프는 또 틀렸다고 생각하면서 경찰서를 나와 버렸다.

집으로 돌아와 보니, 하인 이반이 자신의 안락의자에

앉아 졸고 있었다. 코발레프는 모자로 이반의 머리를 내려치면서 소리를 질렀다.

"이 돼지 보다 못한 놈아, 주인은 하루 종일 신문사다, 경찰서다, 하고 찾아다니는데 집 안에서 낮잠이나 자?"

그러자 이반이 벌떡 일어나 물었다.

"거기엔 왜 가셨습니까?"

그러나 코발레프는 대답할 수가 없었다. 그는 손수건으로 코 있던 자리를 꼭 누른 채 하인에게 나가라는 손짓만 했다.

코발레프는 의자에 몸을 던지고 탄식했다.

'내 신세가 어쩌다 이렇게 됐나. 팔이 한 짝 없어져도, 다리 한 짝이 없어져도 이보다는 낫겠구나. 양쪽 귀가 다 없어도, 머리카락으로 슬쩍 가리면 될 테지. 그런데 코가 없으니… 완전히 부엉이 꼴이로구나. 전쟁터에서 싸우거나 결투하다 떨어졌다면 또 모르지…'

그는 한참을 궁리한 끝에 이 괴상한 사건의 발단은 대령 부인인 뽀드또치나라는 결론을 내렸다.

그녀는 코발레프가 자기 딸과 결혼해 주기를 바라는 여자였다. 코발레프도 역시 그녀의 딸을 좋아했지만, 한 5년 뒤에나 결혼하는 게 좋겠다고 말했다. 그러자 부인이 앙심을 품고 마술쟁이 노파를 시켜 코를 없애버린 것이라고 생각했다. 그렇지 않고서야 코가 없어질 리 만무한 것이다.

수요일에 이발사 야꼬블레비치가 와서 면도를 해주고 갔다.

코는 수요일에는 물론 목요일에도 제자리에 붙어 있었다. 목요일 밤까지만 해도 코가 제자리에 붙어 있었던 걸 똑똑하게 기억하고 있었다. 코 위에 뾰루지가 하나 생겨 신경이 쓰였기 때문에 분명하게 기억했다.

목요일 밤에 누군가가 내 코를 베어갔다면, 아팠어야 옳다. 설사, 아프지 않게 잘라 갔다고 하자. 그러나 코 있던 자리가 이렇게 쉬 아물어 버렸다는 게 이상한 것이다. 역시 대령 부인의 소행이 분명하다고 결론 내렸다.

'이제 어떻게 하지? 정식으로 고소해서, 대령 부인을 재판소로 끌어낼까? 아니면 직접 찾아가서 따질까…?

코발레프는 궁리에 빠져 밤새 한잠도 자지 못했다.

잠시 후 현관에서 낯선 사람의 목소리가 들렸다.

"여기가 코발레프 소령님 댁입니까?"

"누구시오?"

코발레프는 얼른 손수건으로 코 있던 자리를 가리고 문을 열었다.

들어온 사람은 뜻밖에 경찰관이었다. 다리 위에 이발사를 추궁했던 그 경찰관이었다.

"혹시 코를 잃어버리지 않았습니까?"

"내가 코를 잃어버렸네."

"찾았습니다."

"정말인가? 어떻게 찾았는가?"

코발레프 소령은 너무 기뻐서 자신도 모르게 소리를 질렀다.

"우연히 허가 없이 여행을 떠나려는 놈을 체포했습니다. 마차를 타고 도망치려는 놈에게, 여행증명서를 요구했지요."

"자꾸 놈, 놈, 하지 말게. 아무리 괘씸해도 소령의 코 아닌가?"

"죄송합니다. 그가 가지고 있는 건 가짜 증명서였습니다. 저도 처음에는 그자를 신사로 알았는데, 자세히 보았더니 바로 코더군요. 이 정도로, 저는 아주 쓸 만한 경찰관이랍니다."

"그래, 그 녀석이 지금 어디에 있는가?"

"꼭 필요하실 것 같아서 가지고 왔습니다."

경찰관이 주머니에서 종이에 싼 코를 내어 놓았다.

"틀림없는 내 코야. 자, 앉아서 차라도 한잔 들고 가게."

"감사합니다만 그럴 시간이 없습니다."

경찰관이 돌아간 다음, 코발레프는 너무 기뻐서 한동안 멍하니 앉아 있었다. 코가 돌아왔다니… 도무지 믿어지지 않았다.

비로소 정신을 차린 코발레프는 손바닥에다 코를 올려놓고 자세히 보았다.

'틀림없는 내 코야. 뾰루지도 있군. 이것 때문에 내 속이 얼마나 탔는데….'

그러나 코발레프는 갑자기 불안에 휩싸였다. 이 불안이 시간이 갈수록 그를 괴롭히는 것이었다.

'이게 제대로 붙지 않으면 어떡하지?'

코발레프는 거울 앞으로 다가가 코를 제자리에 갖다 대어보았다. 긴장이 돼서 손이 덜덜 떨렸다.

그러나 코가 붙지 않았다. 그는 코를 입김으로 따뜻하게 녹여 다시 제자리에다 붙여 보았다. 그러나 코는 곧 떨어지고 말았다.

"제발 좀 붙어 있어!"

코발레프가 아무리 윽박질러도 코는 곧바로 떨어지기만 했다. 아무리 붙여봐야 헛수고였다.

그는 하인을 불러 의사를 데려 오라고 소리 질렀다.

곧 의사가 나타났다.

의사는 코를 코발레프의 얼굴 한가운데다 대고 손바닥으로 세게 쳤다. 역시 소용이 없었다. 그러자 의사는 한숨을 쉬며 말했다.

"그대로 두는 편이 좋겠군요. 꼭 붙이겠다면 안 될 것도 없지만, 억지로 붙이면 오히려 나쁩니다."

"어떻게든 붙여주시오. 돼지 코가 되어도 좋으니 붙여만 주시오. 나는 귀부인들과 교제하는 사람입니다. 이래 가지고서야 어디 귀부인들을 만날 수 있어야지요. 웬만큼만 붙여도 됩니다. 떨어지겠다 싶으면 손으로 꼭 누르고 있겠습니다."

"아무래도 어렵겠어요. 코가 없어도, 코 있던 자리를 매일 찬물로 깨끗이 씻어 주면 건강엔 문제가 없습니다. 그리고 코는 알코올 병에 담아 두십시오. 상하지 않으면, 좋은 값에 팔수도 있습니다."

"자기 코를 팔아먹는 사람도 있습니까?"

"기분이 나쁘셨다면, 용서하십시오."

의사가 목례를 하고 방을 나갔다.

코발레프는 잔뜩 낙심해 있다가, 대령부인에게 편지를 쓰기로 결심했다. 정식으로 고소하기 전에, 왜 마술사를 시켜 코를 떼어갔는지 알아보고 싶었다.

친애하는 부인.

부인께서 취하신 행동을 이해할 수 없습니다. 젊은 나를 이렇게 위협한다고 해도 따님과 결혼하지 않겠습니다. 갑자기 제 코가 자기 위치를 떠나 군인으로 변장하다니요. 부인이 시킨 마술사 소행이 아니고 누구의 짓이겠습니까? 코가 오늘 중으로 제 자리에 붙지 않으면 고소할 생각입니다.

코발레프 올림

며칠 뒤에 답장이 왔다.

코발레프 소령에게

도대체 무슨 소릴 하고 있는지 모르겠군요. 코를 떼다니요? 우리 쪽에서 소령의 청혼을 거절했다는 뜻인가요? 아닙니다. 우리는 지금도 당신의 청혼을 기다립니다. 좋은 소식 주십시오.

이 편지를 읽은 코발레프는 그만 고개를 가로저었다.

'그렇다면, 이건 대령 부인의 짓이 아니야. 대령 부인에게 죄가 없어. 어쩌다가 이런 일이 일어났을까?'

그 즈음 페테르부르크 시내엔 코발레프의 코 이야기가 자주 나돌았다. 코발레프의 코가 오후 세 시만 되면 거리를 산책한다는 것과 가게에 물건을 사러 들어간다는 소문이었다. 그럴 때면 구경꾼이 하도 몰리는 바람에 경찰관들이 동원되어야 했다. 어느 귀족 부인은 코발레프의 코가 나타난다는 공원의 관리인에게, "우리 아이들이 코를 구경할 수 있도록 특별석을 만들어 주십시오. 아이들 교육상 필요합니다."하는 편지를 보내기도 했다.

사교계의 신사 숙녀들은 만날 때마다 코발레프의 코 이야기를 나누며 자신들의 코를 단단히 단속했다.

4월 7일, 자리에서 일어난 코발레프는 거울 앞을 지나다 자기 눈을 의심했다.

"어떻게, 이런 일이…?"

코가 제자리에 붙어 있었던 것이다. 그는 제자리에 붙은 코를 살며시 건드려 보았다. 움직이지 않았다. 이번엔 쥐고 흔들어보았다. 아팠다. 뾰루지 자국 근처가 특히 아팠다. 코는 전과 다름없이 얼굴에 붙어 있는 것이다.

그는 그날 시험 삼아 이발사 야꼬블레비치를 불러 수염을 깎게 했다. 이발사도 코발레프의 코 사건을 모르는 바 아니었으나, 자기에게도 죄가 있어서 모르는 체했다. 이발사가 코털을 깎으려고 코를 쥐자 코발레프가 소리쳤다.

"코를 조심하라구. 그 코는 대령 출신이야!"

이발사는 웃음을 꾹 참고 면도를 끝마쳤다.

코발레프는 마차를 타고 거리로 나갔다. 이제 거리낄 것이 아무것도 없었다. 그는 자주 가던 제과점으로 들어갔다. 거울 앞에서 코가 없어진 것을 확인했던 바로 그 제과점이었다. 그러나 이젠 무서울 것이 없었다.

"여기, 커피 한 잔!"

코발레프는 자기 코를 만지며 당당하게 커피를 주문했다. 그는 제과점 안을 둘러보았다.

'누구든지 자기 코를 내세워 봐라. 어디 내 코 만한 게 있는가.'

코발레프는 이런 생각을 하며 커피를 마셨다. 코가 제자리에 돌아오고 나니, 모든 것은 옛날 그대로 돌아왔다. 한 가지 달라진 게 있다면, 거들먹거리던 코발레프의 태도가 바뀌었다는 것뿐이었다.

호돈
에레노어 공주의 외투

　호돈(1804-1864)은 <주홍글씨>로 우리에게 친숙한 미국 작가로 청교도적인 전통에서 인간의 '죄악' 면을 집요하게 탐구, 미국 문단의 개척자로 많은 단편을 남겼다.

　여기 소개된 단편소설은 <지사 저택 전설> 안에 수록된 작품으로써 작가는 이 작품에서 교만과 죄악은 신 앞에서 결코 심판을 피해갈 수 없다는 청교도적 결론을 내리고 있다.

　호돈은 9살 때 공을 차다가 다리를 다쳐, 오랜 기간 다리를 절었다. 이것이 그를 독서의 세계로 끌어 들이는 계기가 되었고, 내성적인 성격으로 변한 것도 여기에 기인한다고 볼 수 있다. <주홍글씨>는 무능한 세관 공무원들의 태만과 무위도식을 풍자적으로 그린 것이다.

에레노어 공주의 외투

미국의 보스턴 시에는 영국이 지배할 당시에 사용했던 지사 관저가 남아 있다.

이 관저에는 여러 가지 전설들이 전해 내려오고 있었다. 이 기괴한 이야기도 그 가운데 하나다.

슈트 씨가 매사추세츠 주의 지사로 근무하고 있을 때, 영국에서 매우 아름다운 에레노어 로슈클리프 공주가 대서양을 건너서 미국을 찾아 왔다.

에레노어 공주는 영국의 한 왕족의 딸로 태어났다. 그러나 그의 부모가 엄청난 재산을 남긴 채 세상을 하직하고 말았다.

혼자가 된 공주는 친척 슈트 지사에게 재산을 관리하는 등 뒷일의 후견인이 돼 달라고 부탁하러 온 것이었다.

공주가 탄 배가 뉴포트 항구에 닻을 내리자, 공주는 마중 나온 지사의 마차를 타고 보스턴을 향해서 떠났다.

공주가 타고 있는 4두 마차가 신사들의 호위를 받으면서 보스턴 시내로 들어서자, 마차의 창문을 통해 드러난 공주의 아름다운 모습을 보고 사람들이 매우 감탄하였다.

"마치 여왕폐하같이 아름다운 공주님이야!"

에레노어 공주는 여왕 같이 우아한 기품과 십대 소녀의 앳된 사랑스러움을 모두 갖추고 있었다.

공주가 겉보기로는 매우 아름다웠지만 왕족의 딸이라는 자부심을 내세워, 다른 사람들을 업신여기는 태도가 있었다. 언행을 조심하거나 삼가는 일이 없는 아주 거만한 여자였다.

공주가 미국에 오기 전부터 보스턴 시의 부인들 사이에서는 이상하고 기이한 소문이 퍼지고 있었다.

"에레노어 공주가 아름답게 보이는 것은 굉장히 멋진 외투를 입었기 때문이래요. 그 외투는 런던의 훌륭한 기술자가 짜낸 천 위에 금실로 수놓은 것으로, 어쩌면 마법이 걸려 있는 것 같다는군요."

"도대체 어떤 마법이 걸려 있을까? 그 외투를 입으신 공주님 모습을 빨리 보고 싶네요!"

보스턴의 부인들은 그토록 공주가 도착하기를 목을 빼고 기다리고 있었다.

그러나 유감스럽게도 지사 관저로 가는 에레노어 공주는 마법에 걸렸다는 그 외투를 입고 있지 않았다. 길 양쪽에 길게 늘어서서 공주의 모습을 단 한 번만이라도 보고 싶어 하며 기다리고 있던 사람들이 매우 실망했다. 공주는 외투 대신에 비로드로 된 승마복 차림이었던 것이다. 그러나 그녀는 소문에 들던 대로 눈부실 만큼 아름다웠다.

마차가 관저 가까이 다다랐을 때, 공교롭게도 부근의 교회에서 슬픈 장례식 종소리가 울려 퍼졌다. 원래 신분이 높고 귀한 손님이 마을에 찾아왔을 때에는 기쁨의 아름다운 종소리로 맞이하는 것이 관례가 되어 있었던 것이다.

그러나 안타깝게도 그녀의 도착이 장례식과 서로 겹쳐버린 것이다. 마치 재앙이 아름다운 공주의 모습이 되어 찾아온 것처럼, 이 종소리는 공주를 마중 나온 사람들을 우울하고 불길한 예감이 들게 하였다.

"참으로 무례한 짓이군. 장례식을 며칠 뒤로 미루면 될 텐데. 이런 우울하고 슬픈 분위기로 맞이하니, 에레노어 공주는 얼마나 기분이 상하실까?"

영국의 사관인 렌포드 대위가 외쳤다. 그러자 옆에 있던 의사인 클라크 박사가 엄숙한 어조로 책망했다.

"비록 장례식을 뒤로 미루라는 명령을 받았다 해도, 미국에서는 죽은 사람이 살아 있는 어느 누구보다도 먼저 대우받는 법입니다. 죽음의 신한테는 그러한 특별한 권리가 있소"

렌포드 대위는 언짢은 표정을 짓고 잠자코 있었다. 여왕의 나라 영국과 전혀 생각이 다른 미국 사람들이 새삼 불쾌했다.

에레노어 공주의 마차는 그녀를 보려고 몰려든 사람들 사이를 지나서, 마침내 관저의 현관에 도착하였다.

제복의 흑인이 마차 뒤에서 뛰어내려 공주를 위해 깍듯한 예의를 갖춰 문을 열었다.

현관의 계단까지 내려온 슈트 지사가 마차에서 내리는 공주를 부축하려는 순간, 군중 속에서 머리가 어수선하게 흐트러지고 얼굴빛이 하얀 웬 청년이 난데없이 뛰어나오더니, 열린 마차의 문 앞에 꿇어 엎드리는 것이었다. 자신의 등을 발판으로 삼아, 에레노어 공주가 마차에서 쉽게 내려오도록 몸을 굽혔던 것이다.

"이게 무슨 무례한 짓이냐!"

슈트 지사는 청년을 엄하게 야단치고, 들고 있던 지팡

이로 잔등을 톡톡 두드렸다. 그러자 에레노어 공주는 재미있는 표정으로 지사를 말렸다.

"각하, 때리지 마세요. 이 청년이 저한테 몸을 밟히고 싶어 하니까, 소원을 들어주는 것이 자비롭지 않겠어요?"

그를 업신여기는 듯한 투로 공주가 말했다. 그러고는 엎드려 있는 그의 등 위에 발을 올려놓고는 지사의 손을 잡고 땅으로 내려섰다. 매우 교만한 태도였다.

눈 깜짝할 사이에 일어난 일이었다. 이를 바라보고 있던 사람들은 공주를 비난하기는커녕, 마치 당연한 것처럼 일제히 박수를 보냈다.

"저 무례한 놈은 누구야? 앞으로 공주 앞에 나타나지 못하도록 붙잡아서 혼을 내주어야 해."

렌포드 대위는 화가 나서 얼굴이 벌겋게 상기되었다. 그러자 클라크 박사가 얼굴을 찌푸리며 말했다.

"저 청년은 자베스 헬와이즈라는 사람입니다. 출신도 보잘것없고 재산도 없습니다만, 마음씨만은 착한 사내랍니다. 런던의 관청에서 근무할 적에 에레노어 공주를 보게 된 일이 저 청년의 불운인 것 같소. 공주를 너무나 그리워한 나머지, 미국에까지 따라온 모양입니다. 그러나 대위, 저렇게 으스대며 젊은이를 밟고 간 귀부인이 조금이라도 연민을 가지지 않는다면, 틀림없이 하나님의 벌을 받게 될 것입니다."

"저토록 아름다운 공주가 하찮은 놈 때문에, 하나님한 테 벌을 받아서야 되겠는가?"

렌포드 대위가 화를 버럭 내었다.

며칠 후, 지사는 에레노어 공주를 위해서 성대한 무도회를 열었다. 보스턴 시에서 신분이 높은 사람들과 부자들은 빠짐없이 참석했다. 상당히 먼 곳으로부터 온 손님들도 많았다.

신사숙녀들이 화려한 의상을 한껏 뽐내며 모여들었기 때문에, 무도회장 안은 눈이 부셨다.

수없이 많은 촛불이 무도회장을 마치 대낮같이 밝게 비추어 주고 있었다. 그리고 모여든 사람들 중에서 가장 아름다운 이는 당연히 에레노어 공주였다.

공주는 이날 밤, 그토록 소문이 나 있던 바로 그 외투를 걸치고 있었다. 금실 은실로 수놓은 망토 모양의 그 외투는 공주가 움직일 때마다 무지개처럼 여러 색깔로 바뀌며 번쩍거렸다.

그날 참석했던 사람들은 그날의 공주의 모습을 입을 모아 "그 외투를 입은 에레노어 공주는 분명히 이 세상 사람이 아니었어. 마법의 나라의 공주 같았어."라고 전했다.

모두가 넋을 잃고 공주를 바라보았다. 그런데, 이날 밤 에레노어 공주는 왠지 파티를 즐기는 것 같지 않았다. 파티 도중에 공주는 많은 사람들로부터 떨어져서, 극히 친한 사람들하고만 함께 있었다.

그러나 좀 더 주위 깊게 본 사람이라면, 공주의 얼굴이 이상하리만치 빨갛게 달아오르고 있었음을 알아차렸을 것이다.

잠시 후, 공주는 몹시 피곤한 듯, 크고 푹신한 의자에 몸을 던졌다. 그리고 사람들이 속삭이는 소리도, 즐거운 음악도, 듣기 싫은 듯이 눈을 감았다.

이때, 웬 젊은이가 공주 앞에 무릎을 꿇고 쟁반에 놓인 은 술잔을 바치는 것이었다. 그 바람에 깜짝 놀라 눈을 뜬 에레노어 공주는 그 젊은이가 바로 자베스 헬와이즈임을 알아차렸다.

"그대는 왜 내 뒤를 따라 다니는가? 이야기를 들으니까, 내가 그대를 아주 난처하게 만들었다고 하는데."

공주는 여느 때보다는 조금 친절하고 침착하게 말했다.

"에레노어 공주님. 정말 공주님이 저를 난처하게 만든 것을 후회하신다면, 이 신의 술을 한 모금 드십시오. 그렇게 하신다면 공주님도 인간다운 감정이 있다는 증거가 될 것이고 사람들로부터 칭송을 받으실 것입니다."

그가 이렇게 말하고 있을 때, 이 광경을 지켜보고 있던 렘포드 대위가 급히 달려왔다.

"무슨 짓을 하는 거냐? 공주님께 독물이라도 마시게 할 셈인가? 어서 이놈을 무도회장 밖으로 끌어내!"

렘포드 대위가 그의 어깨를 움켜쥐는 바람에, 술잔이 엎질러져 공교롭게도 에레노어 공주의 외투 속으로 술이 흘러들었다.

"여러분, 이 딱한 젊은이를 혼내지 마세요! 그저 내가 보이지 않는 곳으로만 데려가 주세요."

공주는 몹시 피로하고 그가 귀찮은 듯하면서도, 억지로 미소를 지으며 말했다. 그러나 그는 사람들의 손을 뿌리쳐버리고 다시 공주 곁으로 와서, 다시 간청했다.

"부탁이옵니다. 제발 그 외투를 벗어 주세요. 아직 때는 늦지 않았습니다. 저주받은 그 외투를 당장 불속에 던져버리십시오. 죽어가는 할멈의 손으로 만든 그 외투에는 무서운 저주가 가득 차 있습니다!"

"무슨 바보 같은 소리를 하는 거냐!"

에레노어 공주가 깔깔대고 웃으며, 아름다운 외투를 머리까지 뒤집어쓰는 것이었다.

"잘 있어요, 자베스. 우리는 다시는 만나지 않을 거야. 내 얼굴을 잘 기억해 둬. 지금 네가 본 그대로…."

그러자 그가 실망한 듯 매우 슬프게 말했다.

"가까운 시일 안에 또 뵙게 될 겁니다. 그때 당신의 아름다운 얼굴은 마치 다른 사람처럼 완전히 달라져 있겠지요. 나는 그 얼굴만은 언제까지나 기억하고 있을 겁니다."

그는 이제 저항도 하지 않았다. 신사와 하인들이 난폭하게 그를 붙잡아 지사 저택 밖으로 내던졌다.

겨우 사태를 가라앉힌 렘포드 대위는 에레노어 공주가 있는 곳으로 되돌아오다가 클라크 박사와 마주쳤다. 클라크는 멀리서 공주를 지그시 바라보고 있었다. 렘포드 대위는 클라크가 혹시 무엇인가 숨기고 있는지 떠보려고 태연한 척 말을 건넸다.

"자네도 공주의 아름다운 매력에 넋을 잃은 모양이군."

그러자 클라크 박사는 비웃는 얼굴로 대답했다.

"천만에! 자네가 현명하다면, 똑같은 기도를 자네 자신을 위해서 드리게나. 에레노어 공주를 홀로 짝사랑하고 있는 사람들이야말로 불쌍하군. 아, 지사가 마침 저기 계시니까, 한마디 비밀을 알려드려야지. 자, 이만 실례하겠네!"

박사는 곧바로 지사 곁으로 가더니, 주위 사람들에게는 전혀 들리지 않는 나지막한 소리로 이야기하는 것이었다. 그러자 지사의 얼굴빛이 갑자기 변했다. 곧바로 그는 손님들에게 양해를 구했다.

"여러분 죄송합니다. 뜻밖의 일이 생겨, 오늘 파티는 이것으로 끝내겠습니다."

모여 있던 손님들은 영문을 몰라 어리둥절하였지만, 상황으로 보아 하는 수 없다는 듯 하나 둘 돌아갔다.

지사 관저에서 있었던 그날의 이야기는 마침내 보스턴 시내의 화제 거리가 되었다. 하지만 이것도 며칠이 지나자 자취를 감추었다. 얼마 후에 천연두라고 하는 무서운 병이 유행하여, 사람들의 관심을 앗아가 버렸기 때문이다.

바로 이 해의 천연두는 역사에 기록될 만큼 무서운 것이었다. 특히 그때까지와는 달리, 상류 사회 사람들 사이에서 이 병이 시작되었기 때문이었다.

맨 먼저 이 천연두에 걸린 사람은 에레노어 공주 가까이서 시중을 들고 있던 네 사람의 신사와 영국 군인과 지사의 비서관, 그리고 그 밖의 사람이었다.

병은 무서운 속도로 퍼져서 부자로부터 가난한 사람에 이르기까지 환자는 날로 늘어갈 뿐이었다.

환자가 생긴 집에 접근을 막기 위해서 문 앞에다 붉은 깃발을 반드시 세워놓게 했다. 지사의 관저에도 오랫동안 붉은 기가 나부끼고 있었다. 그 재앙이 지사 관저에서 비롯되었다는 사실이 알려졌기 때문이었다.

그 시초는 에레노어 공주였다. 그 무도회가 열렸던 날 밤, 그 화려함과 아름다움으로 손님들을 놀라게 했던 외투에 천연두 병균이 숨은 채, 영국에서 미국으로 건너온 것이 틀림없다고 사람들이 믿고 있었다.

영국에서 무서운 병에 걸렸던 노파가 죽기 전까지 손가락을 더 이상 움직일 수 없을 때까지 금실 은실로 수를 계속 놓아, 그 실로 천연두 병균을 함께 꿰매고 말았다는 것이었다.

보스턴 시의 사람들에게 이런 소문이 퍼지자 사람들은, "에레노어 공주는 보스턴에 재앙을 가져온 악마다!" 하고 공주를 저주하며 떠들어대기 시작했다.

어느 날, 웬 젊은이가 지사의 저택으로 바람처럼 달려왔다. 현관문 앞까지 온 그는 관저 꼭대기에서 나부끼고 있는 붉은 깃발을 한참동안 바라보고 있었다. 그러더니 갑자기 기둥을 타고 올라가 깃발을 끌어내리는 것이었다. 그는 그 붉은 깃발을 흔들면서 저택 안으로 들어갔다. 그는 바로 자베스 헬와이즈였다.

자베스는 계단 아래에서 마침 지사와 맞닥뜨렸다. 지사는 여행 준비를 하고 막 떠나려던 참이었다.

"미친 녀석, 뭘 찾고 있는 거냐? 여기는 죽음의 신밖에 아무도 없어. 돌아가! 돌아가지 않으면 너도 곧 죽게 될 거야!"

지사가 이렇게 말하며, 자베스를 이층으로 올라가지 못하게 막았다. 그러자 자베스가 외쳤다.

"죽음의 신이 내게 무슨 짓을 한단 말인가. 나는 몹쓸 병의 기수(旗手)나 다름없는데. 죽음의 신과 에레노어 공주의 모습을 한 몹쓸 병이 오늘 밤 거리를 판을 치고 다닐 거야. 나는 이 깃발을 들고 그들의 앞장을 설 것이다!"

'이 미친 녀석에게 무슨 말을 한들 소용이 없지.'

지사가 중얼거렸다.

"이제 우리는 오늘이나 살아남게 될지, 아니면 죽게 될지 모르는 판이야. 이런 딱한 녀석이 살든지 죽든지 내 알 바가 아니지. 자, 어서 가거라. 가버려. 가서 죽는 편이 낫지!"

지사가 길을 터주자, 자베스는 쏜살같이 뛰어올라 갔

다.

 "공주님, 공주님은 어디에 계십니까?"

 한 방문을 열어젖힌 자베스는 어두운 방안을 뚫어져라 노려보았다.

 자베스는 공주가 그 방안에 있다고 생각했다.

 "에레노어 공주님, 에레노어 공주님! 죽음의 여왕님!"

 자베스는 방안으로 발을 들여놓으며 계속 에레노어 공주를 찾아 외쳤다.

메리메
비너스의 살인 사건

프랑스의 작가 메리메(1803-1870)는 <카르멘>, <콜롬바> 등 뛰어난 단편들을 많이 발표하였다.

그는 러시아·스페인·유럽 등을 여행하며 여러 나라 지방의 역사적 전설 등에서 얻은 자료와 경험을 토대로 한 환상적 소설을 많이 썼다. 그래서 그의 작품에는 이국적이며 지방색이 풍부하다. <비너스의 살인 사건>도 스페인에서 벌어지는 이야기로 신랑이 된 청년을 죽이는 비너스의 광기가 주위 남자들을 파멸시켰던 '카르멘'의 정열을 연상케 한다.

메리메는 나폴레옹 3세 때 상원의원을 지내기도 했다. 그의 문체는 고전적인데 가깝고, 당시의 낭만파와는 거리를 두었다. 단편집 <모자이크>에서 그의 진가를 보였다.

비너스의 살인 사건

스페인의 카탈로니아 지방에 카니그라는 언덕이 있었고, 나는 그 언덕을 내려가고 있었다. 태양은 이미 서쪽으로 사라졌지만, 아래쪽 이르의 시가가 희미하게 보이기 시작했다. 내가 길을 안내하는 카탈로니아 청년에게 페이레오나드 씨 댁을 아느냐고 묻자, 그가 큰소리로 대답했다.

"알다마다요, 내 집처럼 잘 알고 있습니다. 이르에서 제일가는 부자랍니다. 그런데도 아들을 자기보다 돈 많은 집의 딸과 결혼시키려고 하고 있지요."

"그 결혼식은 곧 올린다든가?"

"오늘밤, 아니면 내일이라는 얘기를 들었는데, 결혼식은 피가리그에서 올린답니다. 신부가 그곳 사람이거든요."

나는 고고학자로서 어떤 친구의 소개로 페이레오라드 씨를 만날 생각이었다.

페이레오라드가 전문가는 아니지만, 지식이 매우 풍부한 고대학자였다. 40km 사방의 광대한 옛 폐허로 나를 안내해 주기로 약속했다.

언덕을 다 내려가 평지에 이르렀을 때, 가이드가 말했다.

"손님께서 왜 페이레오라드 씨 댁에 가시는지 알아맞혀 볼까요? 시가를 한 개 걸어도 좋습니다."

나는 시가를 그에게 내밀면서 말했다.

"그야, 저녁을 얻어 먹으로 가는 거지."

"손님이 이르에 가시는 것은 우상을 보기 위해서가 아닙니까 ?"

"우상이라니, 그게 뭔데?"

"페이레오라드 씨가 땅속에서 우상을 하나 캐냈거든요."

"무엇으로 빚은 상인가?"

"구리로 만든 것입니다. 사원의 종만큼 크지요. 올리브 나무 밑에 아주 깊숙이 묻혀 있었습니다."

"그때, 자네도 그 자리에 있었는가?"

"물론입니다. 한 두 주일쯤 전이었습니다. 페이레오라

드 씨가 장 콜과 저를 불러서, 올리브 나무가 말랐으니 파내 버리라고 말씀하셨습니다. 그래서 장 콜이 곡괭이를 들어 땅을 찍자, 쩡하는 소리가 났습니다. 좀 더 파 보니까, 시커먼 손이 쑥 나오지 뭡니까. 송장인가 하고 깜짝 놀랐지요. 그런데 페이레오라드 씨는 그걸 보더니 '고대의 유물이다!' 하고 소리쳤습니다. 그러고는 자기 손으로 흙을 파기 시작했습니다."

"그래서?"

"땅속에서 나온 것은 시커먼 여자의 우상이었습니다. 상반신은 알몸이구요. 페이레오라드 씨의 말로는 이교도 시대의 우상이랍니다. 샤를르마뉴 대제의 시대라고 했어요."

"어느 수도원에 있었던 성모상이겠지."

"아닙니다. 성모님 같으면 저도 잘 알지요. 틀림없는 우상이었습니다. 그런데 그것이 허연 눈으로 사람을 노려보지 않겠습니까. 그래서 저는 바로 보지 못하고 그만 눈을 내리깔고 말았지요."

"허연 눈이라고? 청동 속에 눈을 해 박았나보군. 그렇다면, 로마 시대의 것이 틀림없는데."

"맞습니다. 로마 시대였습니다. 페이레오라드 씨도 로마 시대의 여자상이라고 했습니다."

"어디 흠집은 없고?"

"네. 정말 흠집 하나 없이 완전했어요. 만들기도 아주 잘 만들었습니다. 하지만, 얼굴이 왠지 심술궂어 보여서, 마음에 안 들었어요! 게다가, 나쁜 짓까지 했다구요."

"나쁜 짓이라니?"

"내가 당한 건 아닙니다. 땅바닥에 누워 있는 것을 셋이서 간신히 일으켜 세웠지요. 쓰러지지 않도록 밑에 뭘 괴려고 내가 기와조각을 줍고 있는 동안에, 다시 쓰러져서 다시 땅바닥에 누워 버렸습니다. 그때, 장 콜이 미처 다리를 치우지 못했지요."

"다쳤나?"

"다치는 정도가 아닙니다. 다리가 똑 부러져 버렸으니까요. 어찌나 화가 났던지, 곡괭이로 우상을 찍어 버리려고 했지요. 하지만, 페이레오라드 씨가 말리는 바람에 참았지요. 결국 장 콜은 두 주일이나 누워 있었습니다. 페이레오라드 씨에게 돈은 받았지만 의사 말로는 부러진 다리는 원래대로 되지 않을 거라구 합니다. 애석한 일이죠. 장 콜은 테니스를 잘 치거든요. 그 친구만큼 잘 치는 사람은 페이레오라드 씨의 아들 알퐁스 정돕니다. 장 콜이 앞으로 다시는 테니스 시합에 못 나갈 것 같습니다."

이리하여 우리는 이르 시내에 들어갔고, 나는 바로 그 페이레오라드 씨 댁에서 식사를 하게 되었다.

페이레오라드 씨는 몸집은 작지만 원기 완성한 노인이었다. 식사하는 동안 잠시도 가만히 있지 않았다. 지껄이고, 서재에 들어갔다 나오고, 책이며 그림을 펼쳐 보이고⋯ 그야말로 최고의 서비스였다.

부인은 사십을 조금 넘은, 아주 친절한 여자였다. 줄곧 식탁에 신경을 쓰고, 부엌에 들어가서는 새 요리를 내왔다. 정말 이 내외는 파리의 손님인 나를 정성껏 대접해 주었다.

그런데 이런 부모와는 전혀 다른 것이 그들의 아들 알퐁스였다. 그는 자리에 점잖게 앉아 있었다. 스물여섯 살 난, 얼굴이 아주 잘 생긴 청년이었다. 테니스 선수답게 몸집도 단단했다.

저녁 식사가 끝날 무렵, 페이레오라드가 비로소 이야기를 꺼내기 시작했다.

"파리 손님, 이 지방의 진기한 것들 즉 페니키아, 켈트, 로마, 아라비아, 비잔틴의 기념비를 보여 드리겠습니다."

나는 즉각 안내인에게 들은 그 우상 이야기를 꺼냈다. 그러자 페이레오라드 씨의 눈이 번쩍 빛났다.

"벌써 그 우상 얘기를 들으셨습니까? 집에 보물이 있으면, 금방 소문이 퍼지고 마는군요. 그 비너스는 걸작이라고 생각하고 있습니다만, 선생의 의견이 어떠신지 듣고 싶군요."

비로소 저녁 식사가 끝났다. 벌써 한 시간이 지나 있었다. 여행의 피로 때문에, 몹시 졸려서 하품을 참을 수가 없었다. 그러자 페이레오라드 부인이 남편에게 귀띔했다.

"이제 주무실 시간이에요!"

이야기를 계속하고 싶은 페이레오라드 씨가 나를 방으로 안내했다.

방의 창문은 닫혀 있었다. 나는 침대에 들어가기 전에 신선한 바깥바람을 쐬려고 창문을 열었다. 눈앞에 카니그 산맥이 보였다. 밝은 달빛에 드러난 산줄기가 아름다운 그림자를 만들어 내고 있었다. 나는 잠시 넋을 잃고 바라보다가 잘 생각으로 창문을 닫으려 했을 때, 밖에 입상이 서 있는 것이 눈에 띄었다.

입상은 산울타리 모퉁이의 받침대 위에 서 있었다. 많이 떨어진 거리에서 분명하게 알 수 없었으나, 입상은 높이가 약 2m쯤 되어 보였다.

그때 젊은이 두 사람이 지나가다가, 잠시 걸음을 멈추

고 입상을 쳐다보았다. 그중 한 사람이 입상에게 소리를 질렀다.

"장 콜의 다리를 부러뜨린 게 너구나! 내 다리를 다치게 해 봐. 네 모가지를 비틀어 버릴 거야!"

또 한 사람이 말했다.

"바보 같은 소리! 이건 동상인데 어떻게 목을 비튼다는 거야?"

"내 끌로 이놈의 흰 눈깔쯤 금방 도려낼 수 있다고"

그리고 두 사람은 걸음을 옮겨 놓기 시작했는데, 먼저 입을 연 젊은이가 다시 걸음을 멈추더니 "이 우상한테 잘 자라는 인사는 해야지."하고 돌멩이를 하나 집어 우상을 향해 힘껏 던졌다. "땡!"하고 돌이 입상에 맞는 소리가 크게 울렸다. 그 순간 돌을 던진 청년이 비명을 지르면서, 이마에 손을 대고 주저앉았다.

"저놈이 돌을 다시 던졌어!"

두 사람은 허둥지둥 그 자리에서 달아나 버렸다. 입상에 맞은 돌이 정확히 다시 튕겨나온 것이다.

그것을 보고 나도 모르게 웃음을 터뜨렸다.

이튿날, 잠에서 깨어나 보니 벌써 해가 높이 떠 있었다. 곧 페이레오라드 씨가 하인을 데리고 방에 들어왔다. 하인은 초콜렛 잔을 들고 있었다.

내가 옷을 갈아입는 동안, 페이레오라드 씨가 쉴 새 없이 지껄여댔다.

"늦잠을 주무시는군요! 나는 여섯시에 일어났지요. 자, 이 초콜렛을 드십시오. 드시고 나면 내 비너스를 보여 드리겠습니다."

세수를 하고, 초콜릿을 마시는데 5분으로 끝내고 우리는 마당으로 내려갔다.

밝은 햇빛에 드러난 입상은 틀림없는 진짜 비너스였다. 정말 아름다웠다. 상반신을 벗었고 오른손은 젖가슴 높이까지 올려져 있었다. 엄지손가락과 집게손가락과 가운데손가락을 펴고, 나머지 손가락은 구부리고 있었다. 왼손은 허리께를 짚고 있었다.

옷의 선이 참으로 우아하고 고상하게 조각되어 있었다. 어느 모로 보나, 완벽하게 조각된 비너스 상이었다. 로마 시대 중에서도, 입상이 가장 많이 만들어진 때의 작품이 분명했다.

그러나 그 얼굴은 다른 비너스와 매우 달랐다. 눈은 약간 사팔뜨기였고 입 끝이 삐죽 올라가 있었다. 한마디로, 경멸과 비웃음과 잔인한 느낌이 드는 얼굴이었다.

완벽한 아름다움을 간직한 비너스로서, 큰 결점이었고, 야릇한 얼굴을 가졌다는 것도 참으로 이상한 일이었다. 내가 넋을 잃고 바라보자, 페이레오라드 씨가 흡족한 듯이 말을 건넸다.

"이 대리석에 라틴어로 글씨가 씌어 있지요."

자세히 보니, 과연 대리석 옆쪽에 라틴어로 무슨 말이 새겨져 있었다. 페이레오라드 씨가 설명했다.

"이 글에는 두 가지 뜻이 있습니다. 하나는, '그대를 사랑하는 자에게 조심하라.' 또 하나는, '만일 이 여인이 그대를 사랑하거든 조심하라.' 라틴어는 참으로 어려워요. 너무 간단해서 여러 가지 뜻으로 해석할 수가 있거든요."

나는 왠지 그 두 가지 뜻이 이 심술궂어 보이는 비너스에게 딱 맞는다고 생각했다.

어느덧 점심을 알리는 종이 울려, 나는 다시 맛있는 음식을 먹게 되었다.

농부들이 페이레오라드 씨를 만나러 왔다. 그러자 그의 아들 알퐁스가 새 마차를 보여 주겠다면서, 나를 데리고 나갔다. 이번에 맞이하는 신부가 탈 마차라고 귀띔했다.

그는 나를 마구간으로 안내하면서 말했다.

"오늘은 장래의 제 아내를 보여 드릴 수 있을 겁니다.

사람들이 모두 아름답다고 부러워합니다. 그리고 그 처녀는 부잣집 딸이지요."

이 말을 들으니 언짢은 기분이 들었다.

'신부가 가지고 오는 돈에 눈이 멀어서야!'

그런 나의 기분을 알 턱이 없는 그는 계속 지껄였다.

"선생님은 보석에 관해서 잘 아시지요? 이것을 보십시오. 내일 그 처녀에게 선사할 반집니다."

그가 손가락에서 반지 하나를 뽑아 내게 보여주었다. 두 손을 깍지 낀 모양으로, 다이아몬드가 박혀 있었다. 가공한 지는 오래된 것 같았다. 안쪽에 다음과 같은 글씨가 새겨져 있었다. <영원히 그대와 더불어>

"훌륭한 반지로군요!"

내가 말하자 알퐁스가 말을 이었다.

"이정도의 다이아몬드면 1,200프랑쯤 한답니다. 집안 대대로 전해 내려오는 반지를 어머니가 주셨지요."

이날은 피가리그에 있는 알퐁스의 신부 집에서 저녁을 먹게 되어 있었다. 6km쯤 되는 거리를 우리는 마차를 타고 떠났다.

알퐁스는 벌써 신부될 여인과 딱 붙어 앉았다.

피가리그 양은 열여덟 살이었고 몸매가 가냘프고 아름다워 알퐁스 와는 퍽 대조적이었다. 그녀는 아름다울

뿐 아니라, 매우 매력적인 처녀였다.

그러나 자세히 보니, 그 얼굴에는 어딘지 우울하고 데가 있었다. 나는 문득 페이레오라드 씨의 비너스가 생각났다. 그래서 신부 집에서 나올 때 나는 속으로 생각했다.

'저렇게 아름다운 사람이 지참금 때문에 자기에게 걸맞지 않는 청년에게 매이게 되다니…'

나는 마차 안에서 페이레오라드 부인에게 한마디 했다.

"부인, 결혼식이 금요일이라지요? 파리에서는 불길하다고 하여, 금요일에는 결혼식을 피합니다만."

그러자 부인이 대답했다.

"금요일이 결혼식에 좋지 않은 날이라는 것을 저도 알고 있습니다. 무슨 나쁜 일이라도 일어나면 어떻게 하지요? 결혼 날짜를 제가 정한 것은 아니에요."

그러자 페이레오라드 씨가 큰소리로 말했다.

"선생님, 금요일을 택한 것은 바로 납니다. 그 비너스를 발견한 날이거든요."

이튿날은 결혼식이 치러지는 날이었다. 오전 열 시에 모두 마차로 피가리그로 가게 돼 있었다. 동사무소에서 결혼신고를 마치고, 저택 안에 있는 교회에서 식을 올린다. 점심 식사 때 연회가 베풀어지고, 오후 일곱 시에 이르로 돌아온다. 그리고 양가의 가족들이 함께 만찬을 벌인다.

오전 여덟 시에 나는 비너스 앞에 앉아 스케치하고 있었다. 벌써 스무 번이나 그렸다. 그러나 비너스의 얼굴이 제대로 그려지지 않았다.

정장을 한 페이레오라드 씨가 주위에서 서성대고 있었다. 이때 알퐁스가 나타났다. 그는 새 예복을 입고 있었다. 흰 장갑에 에나멜 구두를 신었으며, 가슴에는 장미 한 송이가 꽂혀 있었다.

알퐁스가 내 스케치북을 들여다보면서 말했다.

"제 신부의 초상도 그려 주시겠습니까? 꽤 아름답지 않습니까?"

그때 마침 테니스 코트에서 경기가 시작되고 있었다. 경기에 참가한 사람들 가운데는 스페인 사람 몇 명이 끼어 있었다. 그들의 솜씨는 매우 뛰어나서 이르의 프랑스인 선수들이 도저히 당해낼 수 없을 것 같았다.

그것을 본 알퐁스는 가만히 있을 수 없었다. 시계를 꺼내보았다. 결혼식까지는 시간이 남아 있었다. 그는 예복을 벗고 코트 쪽으로 걸어가면서 내게 말했다.

"우리 마을 사람들이 지고 있는 데 보고 만 있을 수는 없지 않습니까?"

나도 알퐁스의 생각이 옳다고 생각했다. 그는 흥분해서 복장 따위에는 신경도 쓰지 않았다. 넥타이가 많이 비뚤어져 있었다. 기어이 셔츠 소매를 걷어 붙이고는 스페인 사람들과 맞섰다.

그러나 마을사람들의 기대에 부응하지 못하고 스페인 선수의 첫 공을 받아넘기지 못했다. 상대편은 마흔 살쯤 되어 보이고, 몸집이 크고 다부진 남자였다.

알퐁스가 라켓을 땅바닥에 내동댕이치면서 소리쳤다.

"이 반지 때문에 제대로 칠 수가 없어. 이것이 손가락을 꽉 죄는 바람에 손을 마음대로 쓸 수가 없다고!"

그가 기어이 반지를 뽑았다. 내가 반지를 받으려고 그 앞으로 다가갔다. 그러나 알퐁스가 비너스 앞으로 달려가더니, 비너스의 약손가락에 끼워놓는 것이었다.

반지를 뺀 알퐁스가 스페인 사람들을 드디어 완패시키고 말았다.

구경꾼들은 모자를 공중에 집어던지며 좋아했다. 스페인 사람들은 고개를 푹 숙이고 돌아갔다.

알퐁스는 집 안으로 달려 들어가, 옷차림을 단정하게 고치고 나와서 마차에 뛰어 올랐다. 우리는 피가리그를 향해 마차를 몰았다.

피가리그에 닿았다. 행렬이 동사무소로 향하고 있을 때, 알퐁스가 내게 다가와서 속삭였다.

"비너스의 손가락에 반지를 끼워놓고 가져오지 않았어요. 정말 심술궂은 비너습니다. 하지만, 어머니에게는 말씀하지 마십시오."

"하인한테 심부름을 보내면 되지 않겠소?"

"하인을 이르에 두고 왔어요. 이곳 하인은 믿을 수가 없어요. 그 다이아몬드 반지는 1,200프랑이나 하는 걸요. 그리고 이곳 사람들에게 알려지면 비웃을 겁니다. 비너스의 손가락에 반지를 끼웠으니, 여신하고 결혼하는 셈이니까요. 다른 반지가 있으니까 결혼식에는 지장이 없습니다."

피가리그 양은 페이레오라드 집안에 대대로 전해 내려오는 반지가 아니라, 다른 반지를 받고 알퐁스의 아내가 된 셈이다.

어쨌든 결혼식은 끝났다. 점심 식탁에서는 모두 실컷 먹고 마시고 노래를 불렀다. 페이레오라드의 신부가 다른 반지를 받은 사실을 아무도 모르고 있었다. 하물며 진짜 반지가 비너스의 손가락에 끼워져 있다는 사실을 어떻게 알겠는가. 따라서 비너스와 알퐁스가 결혼한 셈이 되어 있다는 사실을 아는 사람이 있을 리도 없는 것이다.

이르에 도착하니, 만찬이 기다리고 있었다. 그런데 식탁에 앉은 알퐁스를 보고 나는 깜짝 놀랐다. 얼굴이 창백한 것이다. 왠지 절박한 상황에 빠져 있는 듯했다. 그는 브랜디보다 독한 코리울의 술을 연거푸 들이켜고 있었다.

마침내 내가 물었다.

"술을 너무 많이 마시는 것 아니요?"

그가 내 무릎을 쿡 찌르면서 나직이 말했다.

"식사가 끝난 뒤에 저를 잠깐 만나 주십시오."

표정이 너무나 심각해서, 나는 또 한 번 놀랐다.

"몸이 아프시오?"

"그런 게 아닙니다."

그러고는 다시 술을 들이켰다.

페이레오라드 씨는 흥에 겨워 떠들고 있었다, 거나하게 취하여 아주 큰 소리로 떠들어 댔다.

"술 탓인지, 물건이 이중으로 보이기 시작하는군! 첫째, 이 집에는 비너스가 둘이나 있다는 사실에, 나는 흥분하고 있어요."

알퐁스가 아버지에게 얼굴을 돌렸다. 몹시 겁에 질린 표정인데도 페이레오라드 씨는 눈치를 채지 못하고 떠들어댔다.

"두 사람의 비너스가 있지. 하나는 땅 속에서 캐낸 비너스고, 또 한 사람은 하늘에서 내려온 오늘의 신부지요. 로마의 비너스와 카탈로니아의 비너스!"

식사를 마친 사람들이 객실로 옮겨갔다. 그러자 알퐁스가 나를 창가로 끌고 갔다.

"제가 요술에 걸린 것 같습니다. 정말 울화가 치밀어 올라 죽겠습니다!"

"대체 왜 그러오? 코리울 포도주를 너무 마셨소."

"그럴지도 모르지만, 사실은 더 무서운 일이 있습니다."

"뭐가요?"

"그 반지 아시죠? 그 반지를, 그놈의 비너스의 손가락에서 뽑을 수가 없었습니다."

"힘껏 뽑으면 될 텐데."

"소용이 없었습니다! 그 비너스가 손을 꼭 쥐어 버렸거든요!"

그러고는 알퐁스가 나를 쏘아보았다. 그 눈에는 벌겋게 핏발이 서있었다.

"반지를 너무 깊이 끼웠나 보군. 연장으로 빼면 되지 않소?"

"소용없습니다. 비너스가 손을 꼭 쥐어 버렸다니까요. 선생님, 비너스는 내 아내가 되어버렸단 말입니다. 그래서 반지를 돌려주지 않는 것 같습니다."

그 얘기를 듣는 순간 나는 마치 찬물을 뒤집어쓰는 느낌이었다. 온몸에 소름이 끼쳤다.

"선생님은 고대를 연구하는 학자시니까, 저 비너스에 관해서 잘 아시겠지요? 한 번 가 봐 주시지 않겠습니까? 마법을 쓰는 비너스가 아닌지 모르겠습니다."

"같이 가 볼까요?"

"선생님 혼자서 가십시오."

나는 객실에서 나왔다. 비가 오기 시작하면서, 갑자기 빗줄기가 굵어졌다.

'술 취한 사람의 말을 듣고 가다니, 내가 어이없는 짓을 하고 있는 거야.'

나는 문간에서 비너스를 잠시 바라보고 섰다가, 내 방으로 올라가 버렸다.

침대에 들어가서, 오늘 있었던 일을 되짚어 보았다. 특히 서로 사랑하지도 않는 남자와 결혼한 신부와, 신랑의 기이한 행동, 그리고 비너스의 수수께끼 같은 일….

시간이 흐르자, 집 안이 조용해졌다. 그때 어떤 큰 체구가 층계를 올라가는 듯한 소리가 들렸다. 나무 층계가 심하게 삐걱거렸다.

나는 잠을 청했으나, 자꾸 신경이 쓰여서 몇 번이나 눈을 떴다. 그렇게 아침 다섯 시 쯤에 마지막으로 눈을 떴을 때, 층계가 또 삐걱거리는 소리가 다시 들리는 것이었다.

한 번 더 눈을 붙이려고 했을 때, 이번에는 많은 사람들이 우당탕거리면서 층계를 오르내리는 소리가 들렸다. 그리고 초인종 소리, 문을 여닫는 소리, 떠들썩한 사람들의 목소리가 연이어 들려 왔다.

나는 옷을 주워 입고 복도로 뛰어 나갔다. 복도의 제일 안쪽 방에서 사람들이 울부짖고 있었다.

"얘야! 알퐁스야아!"

분명히 알퐁스에게 무슨 일이 일어난 것 같았다. 나도 그곳으로 달려갔다. 방안은 벌써 사람들로 가득했다. 알퐁스는 반나체로 침대에 누워 있었다. 그 몸이 벌써 납빛으로 변해 있었다. 살아 있는 기색은 전혀 보이지 않았다. 그 옆에 어머니가 울다가 쓰러져 있었다. 페이레 오라드 씨는 아들의 코를 비틀어 보기도 하고, 관자놀이에 무엇인가를 발라 보기도 했다. 그러나 모두 소용이 없었다.

"무슨 일입니까?"

나는 침대로 다가가서 알퐁스를 안아 일으켰다. 그의 몸은 벌써 싸늘하게 식어 있었고, 이를 굳게 다문 얼굴이 시커멓게 죽어 있었다.

아무리 보아도 예사 죽음이 아니었다. 그러면서도 피를 흘린 흔적은 없었다.

셔츠를 보니, 가슴에 이상한 얼룩이 묻어 있었다. 그 얼룩은 옆구리에도 있고, 등에도 있었다. 마치 쇠사슬로 꽉 조였던 자국 같았다.

그때 나는 무엇인가 쇠붙이 같은 것을 밟고 있는 듯한 감촉을 느꼈다. 살펴보니, 알퐁스가 비너스의 손가락에 끼웠던 다이아몬드 반지였다.

이것은 틀림없는 살인 사건이라고 단정할 수밖에 없었다. 누군가가 이 방에 침입한 것이 분명했다.

나는 온 집안을 뒤져 보았다. 어디 부서진 데는 없는가, 도둑이 침입한 흔적은 없는가 하고. 그러나 어떤 흔적도 찾을 수 없었다.

비로소 나는 땅바닥에 깊은 발자국이 남아 있는 것을 발견했다. 그 발자국은 테니스 코트를 둘러 싼 산울타리 모퉁이와 집 입구 사이에 있었다. 알퐁스가 비너스의 손

가락에 끼워둔 반지를 찾으러 갔을 때의 발자국 같기도
하였다.

좀더 자세히 보니, 그 근처 산울타리의 일부 가지가
부러져 있었다. 누군가 울타리를 넘어 온 듯한 흔적이었
다.

나는 비너스를 자세히 들여다보았다. 그 얼굴에는 여
전히 그 심술궂은 표정이 실려 있었다. 그것을 보고 나
는 소름이 끼쳐서, 그 자리에서 움직일 수가 없었다. 웬
지 비너스의 표정이 알퐁스의 비극을 즐기고 있는 것처
럼 보였기 때문이었다.

나는 점심때까지 방에 틀어박혀 있다가 아래로 내려
갔다. 마침 신부가 지방 검사의 조사를 받고 있는 중이
었다.

조사가 끝났을 때, 내가 검사에게 물었다.

"신부한테서 무언가 찾아 내셨습니까?"

검사가 고개를 가로저으며 대답했다.

"불쌍하게도 신부의 머리가 돈 것 같습니다. 신부가
이런 말을 했습니다. 침대에 들어가 있으니까, 방문이
열리면서 누군가가 들어왔답니다. 그때 신부는 벽을 향
해 누워 있었는데, 신랑인 줄 알았답니다. 그래서 꼼짝
도 하지 않았답니다. 그런데 거인이라도 올라왔는지 침

대가 몹시 흔들리더랍니다. 신부는 돌아볼 용기가 없었고, 신부는 무언가 차가운 것이 몸에 닿는 것을 느꼈답니다. 너무 무서워서 그만 이불을 푹 덮어 썼대요. 잠시 후 두 번째로 문이 열리면서 누군가 들어오는 것 같더니, "나의 아름다운 신부, 잠들었소?"하는 신랑의 목소리가 들렸고 이어서 신랑이 외마디 소리를 지르더랍니다. 이때 신부는 등 뒤에 누워 있던 것이 일어나며 손을 내미는 기색을 느꼈습니다. 신부가 비로소 돌아보니, 거기에는 세상에도 무서운 광경이 벌어지고 있었습니다. 신랑이 청록색의 거인 팔에 안겨서 꼼짝도 못하고 있었던 겁니다. 그것을 보는 순간, 신부는 그만 까무러치고 말았지요. 이런 얘기지만, 신부가 헛것을 본 것이 틀림없는 것 같습니다. 더구나, 신부가 그 헛것을 비너스의 입상이었다고 우기지 뭡니까. 그러면서 비너스의 입상이 아침에 닭 우는 소리를 듣고 죽은 알퐁스를 내려놓고 나갔다는 것입니다. 선생님은 믿으시겠습니까?"

검사가 다시 테니스 경기에서 알퐁스에게 진 스페인 사람을 조사해 보았으나, 그는 그날 밤 묵고 있던 여관에서 잠시도 나간 적이 없었다는 것이다. 여관 주인의 증언으로 확실하게 증명이 되었다.

결국 알퐁스의 죽음은 수수께끼로 남게 되었다.

알퐁스의 장례식이 끝나고 몇 시간 후에 나는 이르를 떠났다. 페이레오라드 씨는 몸과 마음이 몹시 지쳐 있었지만, 그래도 나를 정원 문까지 배웅해 주었다. 나는 마지막으로 비너스를 다시 한 번 돌아보았다. 그리고 페이레오라드 씨에게 "저 입상은 박물관에 기증하시는 게 좋겠습니다."라는 말이 입안을 돌아다녔다. 그러나 노인의 얼굴을 보고 차마 말할 수가 없었다. 노인이 비너스를 바라보며 눈물을 흘리고 있었기 때문이었다.

비어스
가운데 발가락

놀라울 정도로 냉철한 눈으로 인간과 인간의 세계를 관찰해 왔던 미국의 작가 비어스(1842~1914)는 신랄한 풍자를 독특한 문체로 소화해 낸 작가로 유명하다. 여기 소개된 <가운데 발가락>은 실화에 근거를 둔 작품으로서 왼발 가운데 발가락을 잃은 여자가 남편에게 복수한다는 줄거리이며 비어스의 번득이는 인간 탐구의 재능이 엿보이는 수작이다.

비어스는 죽음의 공포와 초자연의 세계를 즐겨 다루어, '에드거 알란포우'에 견주어 진다. 특히 단편소설에서 특유의 구성력을 보였다.

가운데 발가락

갑자기 떠돌게 된 괴이한 소문은 이 마을은 물론, 무려 2km나 떨어진 마셜 마을 사람들까지 믿고 있었다. 소문은 만튼 일가가 살았던 집에서 유령이 나온다는 이야기였다. 바보가 아닌 이상 모두가 이 소문을 믿게 되었다.

마셜 마을에서 발행되는 신문 「어드밴스」가 이 소문을 기사화하여, 마을 사람들 전부가 믿고 있었다. 그래서 이 소문을 믿지 않으면 '바보' 아니면 '머리가 이상한 사람'이라고 할 정도였다. 그 집에서 유령이 나온다는 소문을 뒷받침하는 두 가지 증거가 있다.

증거 중에 하나는, 유령 따위에 별 관심이 없는 사람까지도 분명히 자기 눈으로 그 유령을 보았다고 증언한 것이다. 또 하나는 그 집 건물이 누가 보든 유령이 나오게 생겨서, '유령의 집'으로 볼 수밖에 없었던 것이다.

유령을 직접 보았다는 사람의 증언은 판단력이 훌륭한 사람들의 반박을 받으면 얼마든지 뒤집힐 수는 있다.

그러나 많은 사람들이 이 집을 보고 유령이 나오게 생겼다고 생각한다면, 그 자체만으로도 유령의 집이라는 증거가 될 수 있는 것이다. 한밤중에 혼자 들어가 보라고 하면, 들어갈 사람이 아무도 없기 때문이다.

지난 10년 동안 만튼의 집에는 아무도 살지 않았다. 그래서 헛간이나 창고 건물이 거의 썩어 있었다. 그것도 사람들이 그 집에 다가가지 않는 이유가 된다.

만튼의 집은 마셜과 해리스톤을 연결하는 도로에서 조금 들어가 있었다. 사람들의 발길이 끊긴 집 주변에는 잡초만 무성하게 자라 있었다.

집을 손질하는 사람이 아무도 없는데다가, 10년 동안이나 비바람을 있는 대로 맞아 형편없이 망가져 있었다. 창이란 창은 모조리 부서졌다. 근처의 장난꾸러기들이 사람이 살지 않는다는 걸 알고는 거기에다 마구 돌팔매질을 했기 때문이다.

반듯한 사각형 모양의 2층 건물이다. 문이 앞면에 하나 있고 양쪽으로 창이 있었다. 그 창 위로는 나무로 만든 덧문도 있다.

2층에도 1층과 같은 위치에 창이 있었다. 그러나 덧문이 없어서 비바람이 거침없이 몰아쳐 들어간다.

집 주위는 원래 잔디밭이었으나, 지금은 잡초가 무성하게 자라 있었다. 그늘을 만들 목적으로 심은 서너 그루의 나뭇가지는 집과는 반대쪽으로 쏠린 채 서 있어서, 흡사 그 집을 외면하는 듯이 보였다.

마셜 마을의 작가가 그 집에 대해 「어드밴스」에다 이렇게 기고했다.

만튼 가에서 유령이 나온다는 소문은 이 나무만 보아도 거짓은 아닌 것 같다. 나무가 그 집에서 벗어나려고 하지 않은가.

사람들이 이 집을 유령의 집이라고 생각하는 데는 그럴 만한 이유 즉, 너무 끔찍하기 때문이다.

지금으로부터 10년 전, 이 집 주인 만튼 씨는 어느 날 밤 자기 아내와 두 아이의 목을 베어 죽였다. 그리고는 자기는 어디론가 자취를 감추어 버렸다. 설사 유령이 나오지 않는다고 하더라도, 세 사람이 비참한 죽임을 당한 집에 누가 발을 들여 놓겠는가.

그런데 어느 여름 밤, 네 사나이가 마차를 타고 이 집에 당도했다. 이들 중에 세 사람은 즉시 마차에서 내렸다. 마부석에 앉아 있던 사나이가 마차의 브레이크를 채

웠다. 왠지 그 사나이는 마차에서 내리려 하지 않았다.

"다 왔으니까, 어서 내려와."

마차에서 먼저 내린 세 사나이 중 하나가 소리쳤다. 나머지 두 사람은 이미 집 쪽으로 걸어가고 있었다.

마차 위에 앉아 있던 사나이는 꼼짝도 하지 않고 소리쳤다.

"이게 뭔가? 금방이라도 유령이 나올 것 같은 집이 아닌가!"

"그럴지도 모르지."

미리 내린 사나이는 그 사나이를 올려다보면서 중얼거렸다. 마치 깔보고 있는 듯한 말투였다.

"하지만 장소는 어디라도 상관없다고 하지 않았나? 그러나 유령을 두려워한다면 내리지 않아도 좋아."

"내가 유령 따위를 무서워 할 줄 아는가?"

그 사나이도 결국 마차에서 내렸다. 두 사람이 집안으로 들어서자, 미리 들어간 사나이들이 그들을 바라보았다.

집안은 매우 어두웠다. 문을 열었던 사나이가 성냥을 그어 사방을 살펴보더니, 복도 왼쪽에 있는 문을 열었다. 넓은 방이었다.

사나이가 초에다 불을 붙였다. 바닥이 썩기는 했어도

양탄자가 깔려 있어서 발소리는 별로 나지 않았다. 벽은 온통 거미줄 투성이었다. 거미줄은 흉하게 찢긴 치마처럼, 벽과 천장에 매달린 채 흔들거리고 있었다. 그것만으로도 긴장이 되었다.

벽에는 창이 하나씩 있었고, 유리문 밖으로는 나무 덧문이 있었다. 눈앞에 보이는 것은 오직 그 덧문뿐이었다. 난로도 가구도 없어, 참으로 썰렁한 방이었다. 그 방 안에는 거미줄과 이들 네 사나이들뿐이었다.

사나이들의 표정은 똑같이 긴장되어 있었다. 마지막으로 마차에서 내린 사내가 더욱 긴장하고 있었다. 공포에 질렸다고 말하는 것이 옳을 것 같았다.

나이가 중년을 갓 넘어선 것으로 보이는 그는 키가 크고 몸이 건장했다. 힘깨나 쓸 것 같은 사나이였다. 단정하게 기른 수염과 깔끔하게 다듬은 머리카락, 좁은 이마로 보아 깐깐한 성격이 틀림없었다.

두 눈이 촛불 빛을 받아 번쩍거리고 있었으나, 불안정하게 흔들렸다. 야릇하게 끌어내린 입술과 단단한 턱이 상대방 기분을 나쁘게 하였다. 더구나 얼굴이 매우 창백했기 때문에 더 기분 나빴다. 그래서 마치 얼굴에 피가 한 방울도 남아 있지 않은 것처럼 보였다.

다른 세 사람의 얼굴은 평범했다. 거리에서 만나도 곧

잊혀 질 그런 얼굴들이었다.

세 사람 중 가장 나이가 많은 사람과, 얼굴이 차가운 사나이가 서로 마주 섰다. 두 사람의 표정 역시 잔뜩 긴장해 있었다.

이윽고 촛불을 든 사내가 말했다.

"두 사람 다 준비는 된 것 같은데. 어떤가?"

"나는 준비됐어. 자네는?"

세 사람 중 나이가 가장 많은 사내가 물었다.

"나도 준비됐어."

네 번째 사내가 중얼거렸다. 그러자 또 한 사내가 고개를 끄덕였다.

"그렇다면 둘 다 저고리를 벗어!"

촛불을 든 사내가 명령하듯이 말했다. 두 사람은 저고리와 조끼를 벗고 넥타이를 풀어 복도 쪽으로 집어던졌다.

촛불을 든 사내가 신호하자, 그로스미드를 마차에서 끌어내렸던 사내가 주머니에서 칼 두 자루를 꺼내며 말했다.

"두 개가 똑같은 칼이야."

그러고는 두 사람에게 칼을 한 자루씩 건네주었다.

이제 독자들은 이 두 사람이 왜 이곳까지 왔는지 눈

치 챘을 것이다. 눈치가 더 빠른 독자는 나머지 두 사람의 역할이 무엇인지도 알 것이다. 맞선 두 사람은 목숨을 걸고 싸우러 온 것이고, 나머지 두 사람은 이 결투의 입회자들인 것이다.

결투 당사자는 칼을 받아들고, 촛불에 비춰보면서 칼날과 자루를 검사했다. 이어서 각자의 입회인으로부터 몸수색을 당했다. 다른 무기는 쓸 수 없기 때문이었다.

"이의가 없다면, 그로스미드가 저쪽에 서지."

그로스미드의 입회인이 방 한쪽 구석을 가리켰다. 그로스미드는 그쪽으로 걸어갔다. 그로스미드가 입회인과 악수를 했지만 전혀 웃지 않았다.

그로스미드와 맞서는 사나이도 문 쪽에 섰다. 로서의 입회인이 그에게 무슨 말인지 건넸다. 이윽고 입회인이 촛불을 든 사나이 쪽으로 가자, 촛불이 꺼지면서 주위는 칠흑 같이 어두워졌다. 이때 갑자기 문이 열렸다. 그리고 "여러분." 하는 소리가 들렸다. 이 소리는 거기에 있던 네 사람 중 어느 누구의 목소리도 아니었다. 온 몸에 소름이 돋게 하는 야릇한 목소리였다.

"여러분, 바깥문이 닫히는 소리가 날 때까지 꼼짝도 하면 안 됩니다."

곧이어 발자국 소리가 났고, 방문이 닫히는 소리가 들

렸다. 이어서 건물이 심하게 흔들리는 소리와 함께 바깥의 현관문 닫히는 소리가 들려왔다.

잠시 후 마셜 마을로 달려오는 한 소년이 탄 마차 한 대를 보았다. 마차에는 아무 짐도 실려 있지 않았다.

소년이 증언하기를, 앞자리에는 두 사람이 앉아 있었고 그 뒤에 또 한 사람이 서 있었다고 했다. 서 있는 사람은 앞에 앉은 두 사람의 어깨에다 손을 올려놓고 있었다고 했다. 그러자 앉은 두 사람이 그의 손길을 뿌리쳤다는 말도 덧붙였다.

뒤에 서 있던 사람은 앞의 두 사람과는 달리 하얀 옷을 입고 있었다고 했다. 저 유령의 집에서 온 사람들임에 분명하다고 소년이 흥분한 목소리로 말했다.

이 소년은 그 전에도 근처에서 유령을 본 적이 있다고 으스댄 적이 있어, 마치 유령에 대해서는 전문가처럼 말했다.

이 이야기는 다음날의 사건과 관련해서 「어드밴스」 신문에도 실렸다.

이 괴이한 사건에 관련되었던 세 사나이에게도 할 말이 있었겠지만 그러나 그들이 무슨 의견을 내놓기도 전에 이 사건은 이미 끝나고 말았다.

그렇다면, 이 '유령의 집에서의 결투'는 어떻게 시작된 것일까?

어느 날 밤, 마셜 마을에 사는 세 젊은이가 마을 호텔 정원에 앉아 있었다. 세 사람은 담배를 피우면서, 시시한 이야기를 나누고 있었다. 세 사람의 이름은 킹, 샌쳐, 그리고 로서였다.

마침 세 사람이 이야기를 나누고 있는 곳에서 조금 떨어진 의자에 또 한 사람이 앉아 있었다. 이들의 이야기를 충분히 엿들을 수 있을 만한 거리였다.

이 나그네는 세 사내들이 전혀 모르는 사람이었다.

그는 그날 오후에 역마차 편으로 마을에 와서 호텔에 투숙한 로버트 그로스미드라는 사람이었다. 그는 호텔의 종업원을 제외하고는 어느 누구와도 이야기를 나누지 않았다.

궁금할 정도로 혼자 있기를 좋아하는 사나이로, 「어드밴스」 신문 기자 말에 의하면, '왠지 기분 나쁜 사람'이었다. 이 신문 기자는 처음 만나는 사람에게도 이것저것 질문하는 걸 좋아하는 사람이라, 낯선 사람한테는 그렇게 보였을지도 모른다.

세 젊은이 중에 킹이 이런 말을 했다.

"결혼하는 것도 중요하지만, 결함이 있는 여자는 싫단 말이야. 천성적인 결함도 그렇고, 그 결함이 뒤에 생겼다고 해도 마찬가지야. 몸에 결함이 있으면 성격이나 사고방식도 비뚤어져 있기 마련이거든."

"그건 맞아. 코가 비뚤어진 여자가 킹의 아내가 된다면, 우리도 입장이 난처해지니까."

"그래서 하는 말이 아닌가. 그런데, 나는 언젠가 아주 아름다운 처녀를 만난 적이 있어. 다른 곳은 다 좋은데, 발가락 한 개가 잘려나갔단 말이야. 아깝다고 생각했지만 결혼할 수는 없었어. 나는 그 여자와 똑같이 불행해질 것이 분명하거든."

샌쳐가 웃으면서 끼어들었다.

"나는 그 여자가 누구와 결혼했는지 알지. 어떤 어리석은 사내가 그 여자를 데려갔는데, 결국 불행으로 끝나고 말았어. 남자가 여자의 목을 베어 죽였으니까."

"이미 알고 있었군. 그 여자는 만튼이란 사람과 결혼했지. 만튼이 배짱 좋은 사람인지 아닌지는 모르겠어. 하지만 그 자가 아내의 목을 벤 것은 그 여자의 왼발 가운데 발가락이 없다는 사실과 관계가 있다고 생각해."

"저쪽을 좀 봐."

로서가 속삭이면서 턱으로, 옆자리의 그로스미드를 가리켰다. 그로스미드가 세 사람의 이야기를 듣고 있었던 것이다.

"남의 얘기를 엿듣다니, 비겁한 녀석 아닌가!"

킹이 중얼거렸다.

"어떻게 혼을 내주지?"

"그야 간단하지."

로서가 그 즉시 자리에서 일어나, 그로스미드한테 다가갔다.

"실례지만 저쪽으로 자리를 옮기는 게 좋겠소. 여긴 신사들만 앉는 자리거든요."

이 같은 태도는 미국의 남부 신사들에겐 참을 수 없는 모욕이었다. 신사들만 앉는 자리에서 떠나라고 한 것은, '너는 신사가 아니다'라는 말과 똑같았기 때문이다.

그로스미드가 자리에서 벌떡 일어나 세 사람 쪽으로 걸어왔다.

그들도 일어섰다. 샌쳐가 그로스미드와 로서 사이에 우뚝 서서 입을 삐죽거렸다.

"눈치가 빠르군."

그러자 샌쳐가 로서를 타일렀다.

"이 나그네한테는 그런 엄청난 일에 말려들 만한 잘못이 없어."

그러나 로서는 자신이 한 말을 취소할 뜻이 없었다. 당시의 미국 남부 풍습으로는 싸움이라면 곧 목숨을 건

결투를 의미했다.

"자네의 모욕을 받고도 참는다면 나를 어떻게 신사라고 할 수 있겠나. 나는 이 고장에선 낯선 사람이니까 결투 장소는 자네가 정하도록 하게."

그러고는 샌쳐한테 고개를 숙이더니, "내 입회인이 되어 주시오."하고 정중하게 부탁했다.

샌쳐가 흔쾌히 받아 들였다. 샌쳐로서는 태도와 말투가 마음에 들지 않았으나, 부탁을 거절하는 것 또한 신사의 도리가 아니었기 때문이다.

킹은 두 사람이 주고받은 이야기를 듣고 있다가 하는 수 없이 로서의 입회인이 되고 말았다. 결국 결투 장소는 로서와 그로스미드가 잘 모르는 곳으로 정했고, 시간은 다음날 밤으로 결정되었던 것이다.

그 결과는 앞에서 이미 언급한 것과 같다. 지금은 그런 일이 거의 없지만, 캄캄한 방에서 결투하는 것은 당시 남부 지방에서 널리 유행하던 신사들의 풍습이었다.

한여름 태양이 밝게 내려쪼이자 그 음침하던 만튼의 집도 유령이 나오는 집으로는 보이지 않았다. 밝은 햇살이 이 음침한 집의 분위기를 깨끗하게 날려버린 것 같았다. 현관 앞에서 자라던 잡초도 꽃을 피우니까.

뿐만 아니라, 햇살을 받으면서 노래하던 새들도 유령의 집에서 도망치려는 듯한 나무에 깃들었다. 나무도 이젠 본래의 모습으로 돌아와 있었다. 그리고 유리가 부서져나간 2층 창으로도 따스한 햇살이 들어갔다.

이즈음에, 마셜 거리에서 아담스 보안관과 두 사내가 만났다. 두 사내 중 하나는 보안관 대리 킹이었고, 또 한 사람은 죽은 만튼 부인의 오빠 블루어였다.

마셜 지방법에 따르면, 부동산이 주인 없이 내려벼졌을 경우에는 보안관이 관리하게 되어 있었다. 따라서 만튼의 집과 농장은 아담스 보완관이 관리하였다.

블루어가 죽은 누이동생의 재산상속을 신청했기 때문에, 아담스 보안관을 만나러 온 것이었다.

보안관이 현관문을 열었다. 문은 잠겨져 있지 않았다. 놀라운 것은 집 안 복도에 남자의 옷이 무더기로 쌓여 있는 점이었다.

보안관이 그 옷을 조사했다. 모자가 두 개, 저고리가 두 개, 조끼, 넥타이가 각각 두 개씩이었다. 보안관과 블루어는 놀랐지만, 킹 보안관 대리는 시치미를 뚝 떼고 있었다.

보안관이 방문을 열었다. 세 사람이 안으로 들어갔다. 방안은 텅 비어 있었다. 어둠에 익숙해진 세 사람은 벽

저쪽에서 무언가를 발견했다.

그건 뜻밖에도 사람의 모습을 한 물체였다. 세 사람은 걸음을 멈추었다. 사람이 분명했다. 남자가 한쪽 무릎을 꿇고 등을 벽에 기대고 있었다. 양어깨가 귀에까지 올라가 있었고, 양손은 얼굴을 감싸고 있었다. 시체는 입을 반쯤 벌린 채 눈은 허공을 바라보고 있었다.

방안에서는 시체의 손에 들려 있었던 것 같은 칼 외에는 아무것도 발견할 수가 없었다.

바닥에는 먼지가 가득했기 때문에, 발자국을 쉽게 찾아낼 수 있었다. 발자국은 문 근처에까지 어지럽게 찍혀 있었다.

보안관이 시체 앞으로 다가갔다. 그러고는 얼굴을 감싸고 있는 시체의 팔을 벌렸다. 보안관이 손을 댔기 때문에, 시체가 마대처럼 풀썩 무너져 내렸다.

파랗게 질려 있던 블루어가 시체의 얼굴을 내려다보더니 중얼거렸다.

"세상에, 이건 만튼 아닌가?"

"바로 맞추었습니다."

킹 보안관 대리가 고개를 끄덕이며 대답했다. 그리고 이렇게 덧붙이고 싶었다.

'나도 진작 알고 있었습니다. 그가 수염과 머리카락을

단정하게 다듬고 있었지만 분명히 만튼이었습니다. 사실은 만튼이 로서에게 결투를 신청했을 때부터 나는 알고 있었어요. 그래서 이곳으로 오면서 로서와 샌쳐에게 그 이야기를 했지요. 로서는 어두운 방에서 도망치는 데만 정신이 팔려 그냥 셔츠 바람으로 마차를 타고 떠났던 것입니다. 상대가 파렴치한 살인범 만튼인 줄 알고 있었던 거죠'

그러나 킹 보안관 대리는 차마 입 밖에 낼 수가 없었다. 그보다 그는 그 낯선 사내의 수수께끼 같은 죽음을 생각했다.

시체는, 처음 산 채로 있었던 장소에 그대로 있었다. 킹 보안관 대리가 본, 만튼의 시체는 공격 자세도 방어 자세도 아니었다. 칼은 바닥에 떨어져 있었다. 무엇인가를 보고는 놀란 나머지 숨을 거둔 게 분명했다. 킹 보안관 대리로서는 머리가 어지러워 더 이상 생각할 수가 없었다.

킹은 이 수수께끼를 풀기 위해 머리를 싸매고 있다가, 문득 바닥을 내려다보았다. 대낮의 햇살이 방안으로 들어와 바닥을 비추기 시작했다. 바닥에는 발자국이 어지럽게 흩어져 있었다.

킹은 그 발자국을 보자 벌떡 일어났다. 시체 주위에는

세 사람의 것이 분명한 발자국이 찍혀 있었다. 그러나 그것은 그들 셋의 발자국이 아니었다. 어른의 맨발자국과 두 아이의 발자국이었다!

킹은 그 발자국을 쫓아가 보았다. 그러나 발자국은 조금 가다가, 흔적도 없이 사라져 버린 것이다. 그 발자국을 내려다보던 블루어는 부들부들 떨기 시작했다.

"저것 좀 보세요."

그가 가운데 있는 어른 발자국을 가리키며 속삭였다. 여자 발자국이 분명했다.

"가운데 발가락이 없잖아요. 발자국을 잘 봐요. 저건 거투르드의 발자국입니다. 10년 전에 죽음을 당한 내 누이의 발자국이 분명합니다."

거투르드는 억울한 죽음을 당한 만튼 부인으로, 즉 블루어 누이동생의 처녀 시절 이름이었다.

러브크래프트
한밤중의 손님

　러브크래프트 (1890-1937)는 젊은 시절, 주로 다른 작가의 작품을 고치거나 다듬는 일로 생계를 유지했다.

　서른 살이 지나서야 자신의 작품이 알려지기 시작했는데, 살아 있는 동안 출판된 그의 책은 단행본 1권뿐이었다.

　죽은 후에 친구들이 그의 작품을 모아 10권의 책으로 엮어내면서 그의 작품은 대단한 인기와 진가를 보상받게 되었다,

　러브크래프트는 초자연적인 우주관으로 과학괴담소설의 문을 열었는데, <한밤중의 손님>은 영혼의 교환을 주제로 한 작품으로 마치 작가 자신이 주인공인 듯한 느낌을 받게 한다.

한밤중의 손님

그는 어릴 때부터 내 소중한 친구였다. 그런데도 내가 친구의 머리에 권총을 쏘았을 때는 그럴 만한 이유가 있지 않겠는가.

그것은 내 친구 에드워드의 원수를 갚기 위해서였다. 에드워드의 적을 죽여 인간의 몸에서 몸으로 옮겨 다니는 무서운 악마를 이 지상에서 씨를 말리려는 것이다.

인간이라면 누구든지 자기 주위에 악령이 붙어 다닌다면 끔찍한 일이다. 더구나 그 악령이 몸속에 파고 들어가 무서운 짓을 꾸민다면, 생각할 것도 없이 그놈을 없애버릴 것이다.

에드워드 빅먼 더비는 나보다 여덟 살이나 적었다. 그러나 매우 성숙해서, 열여섯 살 먹은 나와 친구가 되는 데 충분했다. 에드워드처럼 머리가 좋고 성장이 빠른 소년도 드물었다.

에드워드가 불과 일곱 살의 어린 나이에 지은 시는 우울한 내면세계를 드러내 마치 어른이 쓴 것 같았다. 가정교사들도 깜짝 놀라서 기절할 지경이었다.

그는 몸이 약했다. 부모는 그에게 무슨 일이 일어날까 봐 학교에도 보내지 않았다. 그 대신 과목마다 가정교사를 집에 불러다가 공부를 시켰고, 밖에 나갈 때는 언제나 하녀가 따라다녔다.

그는 다른 아이들과 자유롭게 놀 수가 없었으므로, 혼자서 온갖 것을 생각하고 상상했다.

그래서 보통 아이들로서는 상상도 할 수 없는 일로 멋진 시를 지었다. 나 역시 매우 감탄하여, 할 말을 잃은 적이 많았다.

우리가 살고 있는 아컴은 역사가 오랜 도시였다. 다 쓰러져 가는 어둑한 건물 같은 것을 바라보고 있으면, 이 도시에 예부터 전해 오는 마녀나 요괴의 전설이 생각나곤 했다.

에드워드는 열여덟 살 때, 훌륭한 시집을 출간했다. 이때부터 그는 세상의 인정을 받는 시인이 되었다. 그러나 귀하게 자라서 어린아이처럼 남에게 의지하려는 마음이 여전했다. 혼자서는 여행도 못했고, 자기 자신이 책임지는 행동도 하지 못했다. 나와는 달리 부잣집 도련님이라 그럴 것이다.

금발에 파란 눈, 그리고 소년처럼 귀엽고 목소리마저 고와서, 매우 아름다운 청년이었다.

나는 대학을 졸업하자 곧 보스톤에 있는 건축 사무소에 들어갔고, 결혼하여 조상들이 오랫동안 살아온 집에서 살게 되었다.

에드워드가 밤마다 이 집으로 나를 찾아왔다. 나는 저녁을 먹고 나면, 그가 찾아올 것을 기다리는 버릇이 생겼다.

에드워드는 언제나 현관문을 세 번 빠르게 두드리고, 이어 천천히 두 번 두드렸다.

내겐 곧 사내아이가 태어났으므로, 이 친구의 이름을 아이에게 붙였다.

"귀여운 아기에게 내 이름을 붙여 줘서 영광이에요."

에드워드는 파란 눈을 빛내면서 기쁜 듯이 내 손을 잡았다. 에드워드도 이미 대학을 졸업하여 꽤 알려진 시인이 되었으나 천성적으로 남과 사귀는데 서툴러서 친구도 적고, 아직 결혼도 하지 않고 있었다.

그러다가 어머니가 죽자, 에드워드는 그만 의욕을 잃었다.

마침내 까닭 모를 병이 생기고 말았다. 우울증에 빠진 것처럼 아무것도 하지 않고, 멍청하게 앉아 있었다.

아들을 아버지가 함께 여행할 것을 권했다. 어떻게든 아들의 의욕을 되찾아주고 싶었을 것이다.

에드워드 자신도 예전의 자신으로 되돌아가려고 무척 애를 썼다. 그러나 그의 우울증은 유럽 여행을 하고 와서도 사라지지 않았다.

에드워드는 우연히 대학에서 마술이나 주술 같은 것을 연구하는 학생들과 사귀게 되었다. 이 그룹 속에 머리털이 검고, 눈이 조금 튀어나온 애시너스 웨이트라는 몸집이 작은 여학생이 있었다.

그녀는 가끔 눈이 이상하게 번쩍이면서 사람을 경계하는 듯한 표정을 짓곤 하였다. 에드워드가 이 처녀와 친해진 것이다.

"애시너스에 대해서 나도 알아요, 인스머스의 웨이트 네 집안이더군요."

어느 날 내가 아는 사람의 딸이 애시너스의 이름을 듣더니, 왠지 기분이 나쁜 듯이 작은 목소리로 말했다. 대학에서 애시너스와 같은 반에서 공부한 적이 있다고 했다.

인스머스는 괴담이 전해지고 있는 옛 도시다. 전에는

번창했으나 지금은 폐허처럼 되어 포구만 남아 있는 쓸쓸한 곳이었다.

애시너스는 에플레임 웨이트라는 늙은 마술사의 딸이다. 어머니는 외출할 때 반드시 베일을 푹 내려쓰고 다녀, 첫눈에도 기분 나쁜 여성이었다는 것이다.

에플레임은 인스머스의 낡은 집에 살고 있었다. 창문마다 모두 널빤지로 막았고, 저녁때가 되면 항상 괴이한 소리가 들린다는 것이다.

에플레임은 묘한 능력이 있는 마술사로 자유자재로 바다에 폭풍을 불러일으키기도 하고, 가라앉힐 수도 있다고 했다.

나도 어릴 때 우리 도시에 찾아온 에플레임을 본 적이 있었다.

잿빛 턱수염을 기르고, 이리처럼 날카로운 눈매에 괴상한 얼굴을 하고 있어, 무서웠다.

에플레임은 딸 애시너스가 대학에 들어가기 조금 전에 미쳐서 죽었다. 애시너스는 그의 충실한 제자로, 아버지 못지않게 악마 같이 행동할 때도 있었다.

"자네 친구 에드워드가 요즘 묘한 여대생과 친하게 지낸다더군. 애시너스라는 그 여대생은 아버지의 대를 잇는 마술사라는 소문이야."

자기 딸이 마침 애시너스와 같은 반에서 공부한 적이 있는 사람이 나를 보더니 걱정스러운 듯이 말했다.

실제로 애시너스가 점을 봐주면 어김없이 맞았고, 번개 구름 같은 것도 마음대로 불러올 수 있었다고 했다. 개와 고양이는 애시너스를 몹시 싫어하여, 겁을 먹고 도망갔다.

대학 친구들은 애시너스가 이따금 이상한 눈짓으로 윙크하는 것을 보고, 소름이 끼친 적도 있었다.

그러나 더 무서워한 것은 애시너스가 남에게 마음대로 최면술을 걸어버리는 일이었다. 애시너스가 가만히 응시하면 마치 자기 영혼이 그녀의 몸속으로 빨려 들어가 버린다는 것이다.

사람의 정신과 육체는 서로 달라서, 마음이 몸에서 떠날 수 있는 거라고 애시너스가 말했다. 그러고는 자기가 남자로 태어나지 않은 것을 몹시 원통하게 생각했다.

"남자의 뇌는 강한 힘을 가지고 있어. 내가 남자라면, 훨씬 더 신비로운 힘을 가질 수 있는데… 아버지보다 훨씬 근사한 마술사가 될 수 있다고"

그렇게 말하는 애시너스의 얼굴에는 언젠가는 반드시 어떤 남자에게 옮겨 가겠다는 자심감이 비치는 것처럼 보였다.

에드워드가 애시너스를 처음 만난 것은 마침 그 즈음이었다. 그는 애시너스의 묘한 아름다움에 완전히 마음을 빼앗겨버린 듯했다. 우리 집에 찾아와서는 애시너스의 이야기만 하는 것이었다.

나는 그가 매우 불안했다. 그러나 공연한 소리를 해서, 그를 더욱 흥분시켜서는 안 된다는 생각에 가만히 있었다.

에드워드가 실제의 나이에 비해 소년처럼 보이는 반면, 애시너스는 마술에 정신을 쏟아온 탓인지 얼굴에 주름이 많았다.

어느 날 에드워드 아버지가 잔뜩 긴장한 얼굴로 나를 찾아왔다.

"그 녀석이 요즈음 어떤 묘한 여대생과 친하게 지내는 모양인데, 그런 여자와 사귀지 말라고 자네가 타일러 주게."

에드워드 아버지의 걱정도 이해할 수 있었다. 그러나 그들의 교제를 만류하는 것은 매우 어려운 일이었다.

애시너스가 강한 마술로 에드워드의 마음을 장악하고 있다는 것을 알기 때문이다.

그 후 한 달쯤 지났을 때, 마침내 두 사람은 우리들의 불안도 아랑곳하지 않고 결혼해버렸다.

신혼여행에서 돌아온 에드워드를 보는 순간, 나는 깜짝 놀랐다. 애시너스의 권유로 콧수염을 싹 밀어버린 것이다. 얼굴 모양까지 완전히 바꿔버려 아름다운 얼굴 대신에 우울하고 슬픈 그림자가 깃들여 있었다.

'결혼을 했으니 어른스러워야지. 지금까지의 어린애가 이제 어른이 된 거야.'

나는 말없이 고개를 끄덕였다. 그러고는 신부에 대해서 물었다.

"애시너스는 아직도 인스머스의 친정에 있어."

나는 에드워드가 '인스머스'라고 내뱉으면서, 왠지 겁에 질려 있다는 것을 알았다.

인스머스의 집에는 오랫동안 애시너스의 아버지를 섬긴 늙은 부부와 기분 나쁜 느낌이 드는 시골 처녀, 이세 사람이 새 가정의 하인으로 와 있었다.

두 사람이 결혼한 지 일 년쯤 지났을 때, 에드워드가 갑자기 애시너스의 고급차를 몰고 다녔다. 지금까지 얌전했던 그한테는 놀랄 만한 변화였다. 혼잡한 거리를 과속으로 달리는 바람에, 사람들을 놀라게 했다.

그것은 대개 여행을 갈 때나 여행에서 돌아올 때였는데, 에드워드의 행선지를 아무도 짐작하지 못했다. 다만, 그런 때의 에드워드는 애시너스나 에플레임 노인과 꼭 닳은 것 같다고 사람들이 말했다.

하루는 에드워드 내외를 찾아갔던 어떤 여자한테서 이상한 이야기를 들었다. 에드워드네 집을 찾아갔을 때, 마침 자동차 한 대가 무서운 속도로 차고에서 나왔는데, 핸들을 잡은 에드워드의 표정이 자신만만하게 보였다는 것이다.

그 여자는 부인 애시너스라도 만날까하고 현관 벨을 울렸다. 그러자 살결이 검은 하녀가 나와서, 부인은 안 계신다고 대답했다.

그래서 나오다가 무심코 뒤를 돌아보았다.

"글쎄, 에드워드 씨의 서재 창문에서 얼른 물러서는 얼굴이 보이지 않겠어요. 누군 줄 아세요? 애시너스 부인이었단 말이에요. 그런데 그 얼굴이 어쩌면 그렇게도 침울한 표정이었던지! 평소에는 자신만만했던 사람이었어요. 그런데 더 놀라운 사실은요. 그 슬픈 얼굴에서 눈동자만은 어김없는 에드워드 씨의 눈이었다는 사실이에요."

"그럴 리가…"

"그렇게 생각하실 수도 있어요. 나도 영문을 알 수가 없고 머리가 혼란스러워 서둘러 집에 돌아왔죠. 하지만, 그 눈동자는 틀림없는 에드워드 씨의 것이었어요."

그때부터 에드워드가 우리 집에 발길을 끊었다. 애시너스가 못하게 막은 것이다. 그녀가 외출한 틈을 타서 나를 찾아오는 일도 있었지만, 애시너스의 하인들에게 들켜서 결국 들통이 났다.

그래도 내가 보고 싶어진 에드워드가 다른 데에 가는 척해도, 애시너스는 어김없이 그것을 알아냈다. 눈에 보이지 않는 어떤 힘으로 방해를 하여, 어디로 가는지 방향감각을 잃게 만드는 것이었다.

간신히 나를 만나게 되어 애시너스와의 생활에 관해서 이야기하던 에드워드가 갑자기 벙어리가 된 것처럼 입을 다물어버리는 일이 있었다. 그건 애시너스가 어딘가에서 주술을 거는 것이라고 나는 생각했다.

에드워드는 애시너스와 결혼한 지 3년쯤 지났을 때 이따금 불안한 듯이 내게 고백하였다.

"나는 어딘지 모르는 장소에 끌려갔다 왔어. 정신을 바짝 차리고 내 자신을 되찾아야 할 텐데."

불안한 듯이 이런 말을 지껄이는 에드워드를 처음에는 예사로 보았다. 그러다가 애시너스가 학창 시절에 친구들에게 최면술을 걸었었다는 말이 문득 생각났던 것이다.

내가 아는 사람의 딸한테 들은 얘기였다.

애시너스가 가만히 응시하면, 마치 자기 영혼이 그녀의 몸속으로 빨려 들어가 버린 것 같다고 했다.

"에드워드, 요즘 자네는 뭔가에 몹시 겁을 먹고 있는 것처럼 보이는데?"

내가 묻자, 에드워드는 겁먹는 표정으로 목소리를 죽이고 말했다.

"머지않아 형이 깜짝 놀랄 굉장한 비밀을 털어놓게 될지도 몰라, 나는 애시너스가…"

에드워드가 말하기 시작했으나, 갑자기 입이 굳어지는 동시에 그의 얼굴이 창백해지고, 이마에서는 땀방울이 줄줄 흘러내리는 것이었다.

그리고 며칠 후 가을날, 나는 한 통의 전보를 받았다. 그것은 여기서 멀리 떨어진 치샌쿡 시의 경찰서장이 보낸 것이었다.

"뭘까? 이렇게 먼, 내가 가본 적도 없는 곳의 경찰서에서 전보가 오다니?"

나는 이상하게 생각하면서 전보를 뜯었다. 전보에는 '숲 속에서 나온 진흙투성이의 한 남자가 알아들을 수 없는 말을 지껄여대면서, 자꾸만 당신의 이름을 부르며 만나고 싶어 한다'라고 씌어 있었다. 나는 그가 에드워드라는 걸 깨달았다.

그러나 에드워드는 여행 중이고 애시너스도 함께 떠났다는 말을 들었던 나로서는 이상한 생각이 들지 않을 수 없었다.

"애시너스가 있는데, 어찌된 일일까?"

그러자 곁에서 아내가 말했다.

"그 부인이 꼭 에드워드 씨와 함께 떠났다고 말할 수는 없어요. 에드워드 씨네 이층은 커튼이 두 겹으로 쳐져 있고, 그 속에 누가 있는 것 같다는 얘기를 들었어요. 그리고 나는 그 검은 하녀가 식료품을 많이 사들고 가는 것을 본 적도 있구요."

"그럼 에드워드는 그런 먼 곳에 혼자 갔단 말이지?"

나는 서둘러 에드워드가 있다는 그 도시로 달려갔다. 치샌쿡은 사람이 별로 찾아가지 않는 깊은 산악지대에 있는 쓸쓸한 소도시였다. 나는 온종일 자동차에 흔들리면서 간신히 그곳 경찰서에 도착했다.

"어서 오십시오, 이쪽입니다."

나는 곧장 에드워드가 있는 방으로 안내되었다. 문을 열자 에드워드가 내 얼굴을 알아본 듯 환한 표정으로 일어섰다.

"형, 잘 왔어. 정신을 차려보니, 내가 육천 계단이나 내려간 땅 밑의 어떤 이상한 비밀 집회에 가 있잖아. 애시너스가 나를 그런 곳에 데리고 간 거야. 절대로 그러지 않겠다고 약속해 놓고 말이야. 감시인이 입구를 지키고 있어서 빠져나올 수가 있어야지. 간신히 도망쳤지. 다시 또 그런 곳에 나를 보낸다면 나는 애시너스를 죽여 버릴 거야."

에드워드는 허공에다 주먹을 휘두르며 소리쳤다. 그의 마음을 가라앉힌다는 것은 매우 힘 드는 일이었다. 어디를 헤매고 다녔는지, 에드워드의 옷은 온통 흙투성이였다.

다음 날, 산뜻한 옷을 사다가 에드워드에게 입히고 함께 아컴으로 돌아왔다.

돌아오는 도중에 에드워드의 흥분이 겨우 가라앉아, 여느 때의 모습으로 돌아왔다. 그러나 왠지 자기 집으로 돌아가기를 꺼리는 것이었다.

'그럼, 우리 집에 있게 할까? 오래 안 보면 애시너스와 헤어지게 되겠지. 그때는 내가 에드워드를 지켜줘야겠어.'하고 나는 결심했다.

에드워드의 얘기로는 이번 같은 괴로움을 전에도 여러 번 겪었다는 것이다. 애시너스는 계속 에드워드의 몸을 장악하여 그로 하여금 낯선 장소에도 가고, 이상한 의식에 참가했었다는 것이다.

그동안 에드워드의 영혼은 애시너스의 몸속에 들어가 이층 침실에 갇혀 있다고 했다.

애시너스는 에드워드를 점점 더 강하게 지배하여, 자기한테서 절대로 도망갈 수 없게 만들고 싶었던 것이다.

그러면서도 지금 에드워드를 마음대로 돌아다니게 내버려두고 있는 것은 아직은 자기의 집중력이 모자라기 때문이라는 것이다.

그래서 에드워드가 그 먼 낯선 장소에 방치되었던 것이다. 애시너스는 에드워드의 몸속에 들어가서 그의 마음을 자기의 몸속에 가둔 채 이층 침실에 남겨놓고 나간다. 그러나 자신의 집중력이 오래 지속될 수 없었던 것이다. 이건 정말 무서운 일이 아닐 수 없다.

낯선 장소에서 이상한 의식에 참석하고, 그 도중에 갑자기 자신으로 돌아온 것이다. 에드워드가 얼마나 곤혹스럽고 당황했을까 생각하니 몸이 부르르 떨렸다. 그리고 그런 무서운 마녀와 결혼한 에드워드를 어떻게든 구해내야 되겠다고 생각했다.

그 후에도 에드워드는 똑같은 경험을 자주 겪었다. 그리고 애시너스가 에드워드의 몸속에 옮겨 앉아 있는 시간이 차츰차츰 길어졌다.

애시너스는 자기가 남자로 태어나지 못한 것을 원통

해 했었다. 그래서 그녀는 뛰어난 두뇌를 가진 남자를 찾고 있었던 것이다. 애시너스는 자기가 남자로 변하여 아버지처럼 위대한 마술사가 되는 것이 꿈이었다. 언젠가는 에드워드의 몸을 완전히 장악하여, 남자의 마음을 자신의 몸속에 영원히 가두어 둘 생각이었던 것이다.

에드워드의 몸속에 들어간 애시너스는 에드워드가 아주 뛰어난 머리를 갖고 있지만, 의지가 약하다고 생각했다.

그런데 애시너스보다 훨씬 더 강한 마력을 가지고 이 두 사람을 조정하고 있는 것이 있었다. 그것은 죽기 전에 딸의 몸속에 들어가 앉은 에플레임 노인이었다. 딸의 속으로 옮겨 들어가 언제까지나 영원히 살아남으려고 한 것이다. 그리하여 에드워드 속에 애시너스가 들어가자, 에플레임은 딸과 자기의 영혼을 바꿔치기하려고 궁리하기 시작했다.

그래서 치샌쿡에서 돌아오는 길에 자동차가 무서운 속도로 폴란드를 통과하고 있을 무렵, 에플레임의 흉계를 모르고 있는 에드워드가 두려움에 떨면서 내게 이런 말을 했다.

"형, 오래 전에 애시너스의 아버지가 나를 무섭게 쏘아본 적이 있는데, 그 눈을 지금도 잊을 수가 없어. 그런데 애시너스가 요즘 그런 눈으로 나를 쏘아 보잖아. 애시너스가 글을 쓰는 것을 보면, 그 영감과 똑같은 글씨체라 소름이 끼쳐. 정말 혹시 에플레임 영감이 되 살아난 것이 아닐까? 요즘 나는 모든 일이 어떻게 돌아가는지 너무 혼란스러워."

에드워드는 여기까지 말하더니, 별안간 와들와들 떨기 시작했다. 그러고는 입을 완전히 다물어 버렸다.

나는 내 옆에 앉아 있는 에드워드가 마치 몸에 전류라도 흐르듯이 떨기 시작하여, 뼈와 근육과 신경 조직이 완전히 바뀌 얼굴과 몸과 뼈까지 전혀 다른 사람이 되는 것을 보았다.

이것이 내가 오랫동안 사귀어 온 친구 에드워드일까? 하는 의구심이 들었다. 어쩌면 다른 세계로부터 온 괴물일 수도 있다고 생각했다.

그러나 내가 정체를 알 수 없는 괴물 같은 사나이를 본 것은 불과 한순간이었다.

"제가 운전할게요."

이렇게 말한 에드워드가 억지로 내 대신 핸들을 잡았다. 그리고는 무서운 속도로 차를 몰았다. 입을 굳게 다물고 날카로운 눈으로 앞을 노려보고 있는 표정은 흡사 마술사 에플레임 노인, 바로 그것이었다.

"나를 찾아와 줘서 고마웠어. 하지만 조금 전에 말한 것은 모두 잊어줘. 내 정신이 너무 지쳐서 잠깐 이상해졌던 거야. 좀 쉬어야겠어."

에드워드가 말했다. 그러고도 내게 다짐을 받듯이 분명하게 덧붙였다.

"한동안 형을 만날 수 없게 될지도 몰라. 그러나 애시너스 때문이 아니야."

나는 내 곁에 앉아 운전을 하고 있는 사람의 정체를 점점 더 알 수 없게 되었다. 차츰 기분이 나빠져서 당장 그와 헤어지고 싶었다.

밤이 깊어서 차가 아컴 시내에 들어섰다. 에드워드는 거듭 인사를 하고는 차에서 내렸다. 나는 비로소 안도의 숨을 내쉬었다. 정말 기분 나쁘고도 무서운 여정이었다.

그로부터 두 달이 지난 10월 중순 밤이었다. 나는 오래간만에 그 귀에 익은 문 두드리는 소리를 들었다.

통통통, 탕, 탕.

"에드워드가 왔어."

재빨리 문을 열자 에드워드가 잔뜩 겁을 먹은 표정으로 집 안으로 들어왔다. 그러고는 대뜸 위스키 한 잔을 달라고 했다.

나는 위스키를 에드워드 앞에 내려놓고는 그가 이야기 꺼내기를 기다렸다.

에드워드가 한참 만에 입을 열었다.

"애시너스는 가버렸어. 간밤에 하인들이 어디 나가고 없을 때야. 나는 애시너스에게 나를 희롱하는 것을 이제 그만두겠다는 약속을 받아내려고 했지. 그랬더니 아내가 냉랭한 태도로 자신의 물건을 주섬주섬 챙겨 가지고 나가 버리지 않겠어."

"어디 갔을까?"

"아마, 저희들 클럽으로 갔겠지. 어쨌든 다시는 나한테 오지 않겠다는 약속을 받아냈어. 형한테는 다 얘기하지 않았지만 정말 무서운 생활이었어."

"이제 괜찮아?"

"괜찮아. 그 여자가 내 몸으로 들어와 내 마음을 몰아내고 자유를 빼앗고 있었던 거야. 나는 그 여자가 하라는 대로 하는 체하면서 시간을 벌고 있었지. 나는 매우 강력한 주문 몇 가지를 알고 있었기 때문에, 애시너스를 물리칠 수가 있었던 거야."

"그거 다행이구나."

나는 에드워드를 위해서 진심으로 기뻐했다. 그런데 그의 안색은 별로 밝지 않았다. 아직도 비밀이 남아 있는 것 같았다.

"하인들은 어떻게 했지?"

"오늘 아침 돈을 주고 모두 내보냈어. 그놈들도 애시너스와 한패였어. 비웃는 얼굴로 나갔는데, 놈들이 웃던 그 야릇한 웃음소리가 마음에 걸려. 무슨 앙갚음이라도 하지 않을는지 몰라."

조금은 불안했다.

"에드워드, 혼자 있는 건 위험하겠는데. 전에 자네 집에 있던 하인들을 다시 불러서 그 전 집으로 돌아가는 게 좋겠어."

"그렇게 할게. 그런데 형은 지난 번 치샌쿡에서 돌아올 때, 내 모습이 바뀐 것을 깨달았지? 사실은, 애시너스가 에플레임 영감이었어. 죽을 때 딸의 몸속에 완전히 옮겨 앉아 있었던 거야."

에드워드의 숨결이 갑자기 가빠졌다. 나는 그의 얼굴을 들여다보면서, 정신병원에 넣어야 하지 않을까 하고 생각했다.

에드워드는 내 충고를 무시하고 원래의 자기 집으로 돌아가지 않았다. 애시너스와 살던 집을 싫어하면서도, 마치 그녀의 포로가 되어버린 것 같았다.

에드워드의 아버지 때부터 그 집에서 일하고 있는 하

인이 어느 날 나를 찾아왔다. 에드워드가 집 안을 자주 돌아다니기도 하고, 지하실을 수없이 들락거린다는 것이었다. 그럴 때의 모습을 보면 여느 때 같지 않아 두렵다는 것이었다.

크리스마스가 가까워진 어느 날 밤, 나를 찾아온 에드워드가 한참 이야기를 하다가 갑자기 비명을 질렀다. 그러고는 마치 악몽이라도 꾼 듯이 날뛰기 시작했다.

"아내가 먼데서 손톱으로 내 골을 뜯어내고 있어! 형, 살려줘! 그 마녀가 내 몸 속에 들어오고 있어!"

두 손으로 머리를 움켜쥐고 방바닥에 뒹구는 에드워드를 간신히 의자에 눌러 앉혔다.

"정신 차려, 에드워드. 자, 이것 좀 마셔."

나는 에드워드의 입에 포도주를 쏟아 부었다.

에드워드의 정신적 혼란은 점점 심해졌으며, 이따금 일어나는 발작은 손을 쓸 수 없을 만큼 심했다. 나는 마침내 그를 병원에 입원시킬 수밖에 없었다.

병원을 일주일에 두 번 찾아갔다. 그때마다 에드워드가 외치는 소리와 중얼거리는 이야기에, 나는 안타까운 마음을 누를 수가 없었다.

"그 마녀를 죽여 버릴 테야! 그 마녀가 나를 땅속으로 끌어들이고 있어."

이러한 에드워드를 바라보면서, 병이 과연 나을 수 있을까 하는 회의가 들었다. 그러던 어느 날, 에드워드의 증세가 호전되어, 일주일 후에는 퇴원할 수 있을 것 같다는 연락을 받았다.

당장 병원으로 달려가 간호사가 안내하는 방에 들어선 순간 나는 그만 얼떨떨했다. 에드워드가 나를 보더니 웃으면서 손을 내밀었다. 그 얼굴은 애시너스와 에플레임을 꼭 닮아 있었다. 붉게 충혈 된 눈으로 나를 바라보고 있었는데, 목소리는 무엇에 억눌린 듯 아주 작았다.

야릇한 공포가 나를 휩싸고 있었다.

'나의 소중한 친구, 에드워드는 어디 갔는가? 그 영혼은 해방이 되었는가?'

에드워드라는 사나이는 당장 너도 사로잡아 버리겠다는 듯이 비꼬는 웃음을 띠고 차갑게 나를 노려보고 있었던 것이다.

'이놈은 에드워드가 아니야! 육체의 생명을 넘어서 영원히 살아남은 무서운 괴물이야! 에드워드와 이 세상을 위해서 이놈을 죽여야 해!'

나는 재빨리 병실에서 뛰쳐나왔다. 그리고 다음날, 권총을 가지고 병원으로 달려가 에드워드가 아닌 그 사나이의 머리에다 총알을 박았던 것이다.

그런데 그날 한밤중에 우리 집 문을 두드리는 사람이 있었다.

통통통, 탕, 탕.

나는 그 소리에 잠이 깼다. 심장이 몹시 두근거렸다.

'에드워드가 왔어!'

현관문을 열자, 키가 작은 사람이 혼자 서 있었다. 그가 에드워드의 코트를 걸치고 있었다. 모자를 깊숙이 눌러 썼으며, 얼굴은 목도리로 가려서 알아볼 수가 없었다.

그가 편지를 꽂은 연필을 내밀었다. 나는 그 편지를 읽기 시작했다. 몸이 자꾸 떨리며 힘이 빠져 무릎이 꺾이면서, 눈앞이 가물가물해지는 것을 느꼈다.

'형, 당장 병원으로 가서 그놈을 죽여. 그놈은 이제 에드워드 더비가 아니야. 그놈은 애시너스야. 그녀가 집에서 나갔다는 것은 거짓말이었어. 내가 죽였지. 죽이지 않으면, 애시너스는 만성절에 내게로 옮겨와서 영원히 살 계획이었거든.

애시너스를 지하실에 묻었는데, 이번에는 그 영혼이 나와서 내 속에 들어오려고 했어. 내 몸을 꽉 움켜쥐고 지하실에 묻혀 있는 자기 시체 속에 나를 가두려고 했던 거야.

나는 마침내 병원에 입원하게 되었지. 문득 깨닫고 보니, 내가 캄캄한 어둠 속에서 숨이 콱 막힐 지경이었어. 지하실 상자 속에서 썩어가는 애시너스의 시체 속에 들어가 있었던 거야.

애시너스는 에플레임과 함께 병원에 있는 내 몸 속에 있어. 그 악마를 쏘아 죽여. 그러지 않으면 그 괴물은 사람의 몸으로 옮겨 다니며 영원히 살게 돼. 형은 마술에는 절대로 손대지 마. 무슨 해를 입을지 몰라. 내가 본보기잖아. 잘 있어요. 형은 나의 참된 친구였어. 고마워. 나는 이제 마음이 편해지겠지. 그놈을 빨리 죽여 줘.'

나는 편지를 읽고 한동안 몸이 와들와들 떨려서 어떤 말도 할 수가 없었다. 그런 중에도 나는 가엾은 친구의 영혼이 이제는 편안하게 하늘로 올라가도록 하느님께 기도 드렸다.

그때 후덥지근한 바람이 휙 불어오더니, 문간에서 무엇이 허물어지는 것이었다. 에드워드의 코트를 입은 사람이 쓰러진 것이었다. 그는 꼼짝하지 않았다.

이튿날 아침, 경찰관이 와서 조사해 보니, 에드워드의 코트 속에서 나온 것은 얼마 남지 않은 뼈와 해골이었다. 그것은 애시너스였던 것이다.